レナードは白い頬に零れ落ちた涙を吸うと、紅水晶色の唇に優しく口付けた。
「だが、済まない。止めてやれそうにない。……君は可愛すぎる」
衝撃に震える細腰を掴んで体を軽く揺すぶる。

腹黒王太子殿下の子猫なニセ婚約者

東 万里央

Vanilla文庫

腹黒王太子殿下の子猫なニセ婚約者

目次

イラスト／サマミヤアカザ

プロローグ

「君を愛しているよ」

（……これは夢？）

恋する王子様に愛の告白をされ、生まれて初めての口付けをされるだなんて――魔法使いの気紛れで、恋物語の世界に引き込まれたのかと疑う。

「ヴァイオレット、目を逸《そ》らさないで」

「……っ」

サファイアブルーとすみれ色の視線が宙で音もなく絡み合う。

「ヴァイオレット、もう一度私を好きだと言ってくれるかい」

甘い囁《ささや》きに促され、頬《ほお》を更に赤くしながら、「……はい」とやっとの思いで頷《うなず》く。

「で、殿下だけをお慕いしています……」

ヴァイオレットは二度目に思いを打ち明けた直後、レナードの双眸《そうぼう》に欲望の炎が点《とも》ったのを確かに見た。

「私もだよ、ヴァイオレット。この世でただ一人、君だけしか愛せない」

顎を摘まれ上向かされ、覆《おお》い被《かぶ》さるように唇を奪われる。

「んっ……」

何度目の口付けなのだろう。チョコレートボンボンのように甘く酔い、唇だけではなく体全体が熱を持つ。

わずかに開いた唇の狭間《はざま》をこじ開けられ、ぬるりと熱せられた舌が滑り込む。

「ん……ふ」

（キスが……こんなにいやらしいだなんて）

なのに、拒もうとは思えない。

「ん……んっ。ん……」

一年前までは父に故郷の屋敷の一室に閉じ込められており、二度と外に出られずに朽ちて果てるのだろうと諦めていた。

なのに、今は幸福すぎて恐ろしい。夢でも、恋物語の世界の住人となったのでも、どちらでもいいから二度と元の世界に戻りたくはなかった。

第一章　隻眼のレイ

ラッセル伯領の一角にはヒースの花咲く丘がある。ヒースは夏には淡紫の絨毯《じゅうたん》となって大地を覆い、訪れる旅人たちの目を楽しませる。

ところが、今日はそんな世にも美しい景色の片隅で、ヴァイオレットは三毛の子猫を抱き締めながら、悲しみから声もなく涙を流していた。

ヴァイオレットは一ヶ月前十歳になったばかりだ。

艶やかなくせのない焦げ茶の髪が、萌黄《もえぎ》色のドレスに覆われた細い肩に流れ落ちている。涙を湛《たた》えた双眸は澄んだすみれ色で、煙る長い睫毛《まつげ》に取り囲まれていた。小さな鼻や薄紅色の唇、シミ一つない白い肌はもちろんだが、ビスクドールを思わせる愛らしい顔立ちの中でも一際印象的だ。

（どうしよう……どうしよう……）

ヴァイオレットの胸の中で子猫が「みゃあ」と鳴いた。ヴァイオレットは「あっ、ごめんね」と目を擦って泣き止《や》む。

「あなたが一番不安だものね……」

顎を指先で撫《な》でてやると、子猫は今度はゴロゴロと喉を鳴らした。

「大丈夫。あなたを捨てたりなんてしないから。……そんなこと絶対にさせないんだから」

後ろから「そこのお嬢さん」と声を掛けられたのは、子猫がヴァイオレットの膝の上で眠りに落ち、日が暮れかけた頃のことだ。

警戒してはっと振り返る。そこに居たのは馬の手綱を引いた背の高い男性だった。

（この辺りでは見かけたこともない人だわ。誰かしら？）

短い焦げ茶の髪にサファイアブルーの瞳で、昔怪我《けが》でも負ったのか、左側には顔の四分の一を覆う広めの眼帯が付けられている。着古した濃紺の上着に白いシャツ、白いズボンを身に纏《まと》っており、馬の背に大きな荷物が載せられているところから、旅人か行商なのではないかと思われた。

「地元の子かな？　道を尋ねたいんだが」

真《ま》っ直《す》ぐな姿勢と濁りのない若々しい声から、男性がまだ二十歳前後であることがわかる。

「えっ……あのっ……」

ヴァイオレットは体を強《こわ》ばらせて胸の猫を抱き締めた。

若い男性に接触するのは生まれて初めてだった上に、眼帯を付けているので表情が少々わかりにくく、堅気に見えないので恐ろしかったのだ。

ところが、ヴァイオレットに取りすがっていた子猫が、不意に顔を上げ「みゃあ」と鳴いた。ぴょんと飛び降り男性の足下に歩み寄る。

「あっ、いけない、駄目よ」

子猫は男性を見上げ、母猫にミルクをねだるように、必死になって鳴き出した。

ヴァイオレットは子猫に最後に授乳してから、すでに三時間以上が経過していると気付いてはっとする。きっと空腹になっているのだ。だが、なぜヴァイオレットにではなく、男性にそれを訴えているのだろうか。

「おいおい、困ったな。チビ、どうしたんだ？　ああ、そうか。さすが、鼻がいいな」

男性は苦笑しつつ馬の背に積んだ荷物の中から、蓋をした素焼きの小さな壺《つぼ》を取り出した。

「お嬢さん、どうもそのチビ姫様は腹が空いているみたいだ。で、俺は今ヤギのミルクを持っている。さっき買ったばかりだから新鮮だ。姫君に献上しても構わないかな？」

「えっ、ヤギのミルク？」

見ず知らずの男性からもらっていいのかと一瞬迷ったものの、一層激しくなる子猫の鳴き声に、他に選択肢はないと思い知る。

「は、はい……。お願いします。でも、私、一ペニーも持っていなくて……」

男性は馬の手綱を近くの木の幹に結び付けると、からからと笑いつつヴァイオレットの向かいに胡座《あぐら》を掻《か》いた。

「金なんかいらないさ。俺は猫が大好きだから、ちょっとモフらせてもらえばそれでいい」

更に懐から清潔なガーゼを取り出し、そこにヤギのミルクを含ませる。続いて子猫をひょいと胸に抱き上げ、手際よく授乳させるのでヴァイオレットは驚いた。

(猫を飼っていないとわからない世話の仕方だわ)

男性の手元を覗《のぞ》き込《こ》みながら、おずおずと口を開いて聞いてみる。

「あのう、お兄さん、子猫を育てたことがあるんですか？」

「ああ、何匹も育てた。そうだ。お兄さんってのもなんだから、名前で呼んでくれないか？　俺はレイっていうんだ。レイ・ウィンストン。フェイザー中を回る行商をやっている」

薬種や花の種が主力商品なのだそうだ。

「フェイザー中を回る？　たった一人で旅をするんですか？」

「うん。国内で行ったことのないところはないな」

左目は行商の最中に落馬し、石で打って潰してしまったのだそうだ。みっともないので眼帯を付けているのだという。

喧嘩《けんか》などの争いごとの怪我ではないと知って、ヴァイオレットは胸を撫《な》で下ろした。

「ここに来る前はどこにいたんですか？」

「ウェストランドって知ってるか？　金払いのいい奴《やつ》が多かったな」

ウェストエンドはラッセル伯領から馬車で一週間ほどかかる地域だ。ラッセル伯領から出たことのないヴァイオレットにははるか彼方《かなた》に思えた。

フェイザー王国は中央大陸西にある島国で、その政治力と経済力、軍事力から有数の列強国と名高い。島国とは言っても領土の総面積は大陸にある他国に劣らない。なのに、この男性は――レイは、全国を行脚したことがあるのだという。

「おに……レイさんはすごいですね。私はここ以外知らなくて……」

「まあ、女の子ならそんなものだろう。ところで、お嬢さんの名前は？」

「あっ……ヴァイオレットです」

姓はあえて名乗らなかった。子猫にヤギのミルクを無償で提供してくれるほどなのだ。悪人ではないのだろうが、この一帯の領主であるラッセル伯の一人娘だと明かすのは躊躇《ためら》われる。

（知らない人に身元を明かしちゃいけないって言うし……）

もっとも、万が一誘拐されたところで、父のウォルターは世間体は気にしても心配はしないだろうが――ヴァイオレットが悲しい気持ちになる一方で、レイは明るい笑みを浮かべた。

「おっ、いい名前だな。瞳にもぴったりだ。綺麗《きれい》なすみれ色だよな」

「綺麗……?」

　名前と瞳の色を褒められたのは初めてだった。ラッセル伯でもある父のウォルターには、容姿をけなされたことしかない。亡くなった母は金髪とエメラルドグリーンの瞳の美女だったのだが、彼女に似ていないからと、いつも忌まわしそうに目を背けられる。

「あ、ありがとうございます……」

　照れ臭くて嬉《うれ》しくて顔を伏せる。

「父方の祖母似らしくて……」

「ヴァイオレットの祖母《ばあ》さんってことはよっぽど美人だったんだろうな」

　レイはヴァイオレットのような子ども相手でも、見下さずに対等に話してくれた。その上、相手から話題や気持ちを聞き出すのがなんともうまい。

　おとなしく人見知りであるはずのヴァイオレットもすっかり楽しくなり、つっかえ、時にはどもりながらも、時間を忘れてレイとのお喋《しゃべ》りを楽しんだ。

（誰かとこんなに話すだなんて、お母様が亡くなってから初めて……）

　やがてレイはミルクを飲み終えた子猫を、胡座の中にひょいと載せた。

「おっ、腹一杯になったか？　お前、小さいのに食いしん坊だな。この大きさだともうトイレは自力で大丈夫か」

子猫はしばらく顔を洗ったり前足を舐《な》めたりしていたが、やがて腹が満たされ眠くなったのだろう。レイの胡座の窪《くぼ》みの中に体をすっぽりと収め瞼《まぶた》を閉じた。

レイは小さなその背を撫でながら首を傾《かし》げる。

「ところでヴァイオレット、このチビ姫様は君の飼い猫か？」

「それは……」

一ヶ月前、たった一匹で鳴いていたのを拾ったのだ。

――ヴァイオレットがその子猫を見つけたのは、屋敷の庭園の片隅にあるナラの木の根元だった。

三毛の毛並みには艶がなく、体も随分と小さく痩せ細っていた。母親や兄妹とはぐれたのか、周囲を見回してみたのだが、猫の姿は一匹しかない。

それでも、子猫は母猫が探しに来てくれると信じているのだろうか。か細く嗄れた声で、命を振り絞るかのように必死になって鳴いていた。

『みゃあ、みゃあ、みゃあ……』

不安と悲しみに満ちたその声に、ヴァイオレットは独りぼっちの自分を重ねた。

母のアデルはヴァイオレットがまだ四歳だった頃に亡くなっている。ヴァイオレットを出産して以来、すっかり病弱になってしまい、いつもベッドに横たわっていた。それでも、ヴァイオレットが寝室を訪ねると、いつも髪を優しく撫でて、お伽噺《とぎばなし》を聞かせてくれたものだ。

アデルは子どもから見ても美しい人だった。上品で、清楚で、心優しかった。

そんな妻を溺愛していたウォルターは、アデルが亡くなった際身も世もなく嘆いた。それだけならまだよかったのだが、母を亡くして父しかよすががなく、寂しさのあまり自分に甘えたヴァイオレットの手を、力任せに振り払ったのである。

ヴァイオレットは長椅子に背をぶつけ、鈍い痛みに呆然《ぼうぜん》としながら、荒い息を吐いて立つウォルターを見上げた。

『お前さえ、お前さえ生まれなければ、アデルは生きていただろうに。せめて息子だったなら……！』

顔を歪《ゆが》めて憎悪を込めた目で睨《にら》み付《つ》けられ、吐き捨てられたあの言葉を、今でも一字一句忘れられない。

――お前さえ生まれなければアデルは生きていた。

――せめて息子だったなら……！

望んで母を弱らせたわけでも、女に生まれたわけでもない。だが、父にとってはそれが真実なのだ。

以来、ヴァイオレットは父にほぼ無視されている。主人に愛されない令嬢を気遣うのも躊躇われるのか、執事もメイドも皆ヴァイオレットにはよそよそしい。ラッセル伯の一人娘でありながら、実質存在を黙殺されていた。

何をしても叱られることも、褒められることもない。侍女もつけずに一人で外に出ても、誰も危ないからよしなさいと咎《とが》めない——衣食住と最低限の教育こそ保証されているが、そうした状況でヴァイオレットの心は常に寂しく、愛情を求めて彷徨《さまよ》っていた。

『……可哀想に』

そっとオークの木に近付き、腰を屈《かが》めて子猫の目を覗き込む。猫は水晶さながらに澄んだ明るく青い瞳をしていた。

『まあ、あなた、綺麗な目をしているわね』

子猫は突然のヴァイオレットの登場に驚いたのか、鳴き声をピタリと止めて毛を逆立てた。尻尾も大きく膨らんでいる。

『大丈夫、大丈夫よ。私はあなたを傷付けないから……』

ヴァイオレットはそっと手を伸ばし、指先を子猫の鼻先に近付けた。猫の習性はよく知っていた。こうするとにおいを確かめてくる。子猫は目をまん丸にして、吸い寄せられるように前に進み出た。

『よしよし、いい子ね。おいで。お腹空《なか》いたでしょう？』

『みゃあ……』

喉の下をそっと撫でてやると、人肌の温《ぬく》もりに警戒心を解いたのだろうか。ヴァイオレットに体を擦り寄せぴたりとくっついてくる。

『みぃ……』

『一人で寂しかったね。怖かったでしょう？　もう大丈夫だからね』

その後ヴァイオレットは寝室のベッドの下で、一人こっそり小さな命を育てた。餌には朝食に出されたヤギのミルクを与え、子猫が鳴くと懐に入れて温めた。子猫はヴァイオレットに懐《なつ》き、ヴァイオレットも子猫を可愛がった。今思えば互いの寂しさを埋め合っていたのだろう。

しかし、二週間が経《た》った今日、ヴァイオレットが束《つか》の間《ま》目を離した隙に、子猫が寝室から迷い出て、廊下を歩いていたウォルターと出くわしてしまったのだ。

ウォルターは馬以外の動物が大嫌いである。「なぜ屋敷内に猫がいる⁉」と激怒し、慌てて子猫を抱き上げたヴァイオレットを怒鳴り付けた。

『私に許可なく何をしている‼　今すぐ捨ててこい‼』

ヴァイオレットは怒声にびくりと身を震わせたものの、必死になってウォルターに訴えた。

『お、お父様、お願いです。この子が大きくなるまででいいんです。世話はちゃんとしますから、どうか……』

『ならん‼　捨ててこい‼』

子猫を取り上げられそうになったので、ヴァイオレットは「嫌！」と叫んで後ずさった。父に反抗したのは初めてだった。

『い、嫌です……。今捨てたら死んじゃう‼』

そして、全速力で駆け出し屋敷を飛び出したのだ。

——ヴァイオレットは膝の上の拳を握り締めた。

「……今、貰《もら》い手を探しているんです。飼いたかったんですけど、父に駄目って言われてしまって……」

父の身分がラッセル伯であることを伏せて事情を説明する。

レイは「よくある話だな」と呟《つぶや》き、不意にヴァイオレットの目を真っ直ぐに見つめた。

「じゃあ、俺がもらってもいいか？」

「えっ……」

突然の申し出に目を瞬かせる。

「俺も一年中行商をやっているわけじゃない。故郷にはちゃんと家があるし、こいつはそこで育てることにする。実は他にもう一匹いるんだ。きっと仲良くできると思う」

「……」

猫を飼った経験があり、大切に育ててもらえるのなら願ったり叶《かな》ったりだ。とはいえ、今日会ったばかりのレイに託していいものかどうか迷った。

（どうしよう……。でも、他に頼れそうな人はいないし……）

ヴァイオレットの心が揺れているのを見て取ったのだろう。レイが微笑《ほほえ》んで「じゃあ、こうするか」と人差し指を立てた。

「年に二度、春と秋の終わりに今日と同じ場所で会わないか。その時、このチビ姫も連れてくる。ちゃんと成長しているのがわかれば、ヴァイオレットも安心できるだろう？」

「でも、それじゃレイさんが大変で……」

「商売のついでさ。たいしたことじゃない」

ヴァイオレットはレイの胡座の隙間に収まって眠る、まだ小さく幼い子猫を見下ろした。いずれにせよ、自分では育てられないし、屋敷に戻ってもウォルターに捨てられるだけだ。なら、レイに託した方がまだいいと覚悟を決める。

「お願い、します……」

頭をゆっくりと下げる。

「どうかこの子をお願いします……」

たった二週間に過ぎないが、温もりをくれた存在を手放すのは、胸を切り裂かれるように辛かった。またあの広い屋敷で父も召使いもいるのに、孤独を感じて生活しなければならない。

「可愛がっていたんだな……。わかった。大切にする」

レイの指の長い手がヴァイオレットの髪に埋められる。大きな温かい、思いやりを感じられる手だった。

「あ、ありがとうございます……」

涙が出そうになるのをどうにか堪える。

「だから、安心してくれ。そうだ、名前はなんていうんだ？」

「まだ、決めていなくて……」

子猫があまりに可愛くて、名前の候補がたくさんありすぎ、迷う間に今日になってしまった。

「瞳の色がとっても綺麗だから、それにちなんだ名前がいいなと思っていたんです。でも、レイさんの猫になるんだから、レイさんがつけてください」

「わかった」

レイはなおもヴァイオレットの髪を撫でながら頷いた。

「この子は幸せにするって約束するよ」

◇◆◇◆◇

それから約三ヶ月後の秋の終わり、約束のその日の正午、ヴァイオレットは高鳴る心臓を押さえながら、ヒースの花畑でレイと子猫を待っていた。ヒースは盛りを過ぎて色が抜け落ち、紅葉する前の薄ピンク色に染まっている。

レイが現れるのかどうか不安だったが、十分後に初めて会った時と同じように、見覚えのある眼帯の青年が手綱を引いて現れたので思わず両手で口を押さえた。

（レイさん……約束を守ってくれたんだ）

すっかり嬉しくなって両手をぶんぶんと振ってしまう。

「レイさん……！」

「やあ、ヴァイオレット！」

レイは馬の背にいくつかの蓋付きの籠を載せていた。

「元気だったか？」

「はい……！　う、嬉しいです。また会えて……」

レイはにっと笑ってヴァイオレットの頭を撫でた。

「俺は約束を守る男なんだ」

レイは籠を手に取りヴァイオレットの前で籠の一つの蓋を開けた。中から大きくなった子猫がひょいと顔を覗《のぞ》かせる。

「わっ、大きくなった……」

子猫はヴァイオレットを覚えているのか、顎の下を撫でるとゴロゴロと喉を鳴らした。

「名前は何にしたんですか？」

「クリスって呼んでいるよ」

「そう、クリス、素敵な名前をもらったわね」

クリスはよく躾《しつ》けられているのか、気紛れな猫には珍しく逃げようとしない。

レイはクリスの入った籠を置くと、もう一つの籠を手にニコリと笑った。

「せっかくの再会なんだ。ピクニックと洒落《しゃれ》こもうか」

「ピクニック……？」

「そう。サンドイッチとスコーンを持ってきたんだ。もちろん、ヤギのミルクもある」

手早く布を敷き、腰を下ろして胡座を掻く。

「ヴァイオレット、君も座って」

「えっ……」

「ほら」

布をポンポンと手で叩《たた》かれ、ヴァイオレットはおずおずと腰を下ろした。

「お昼はもう食べた？」

「い、いいえ……。その、いつも食べていなくて」

ヴァイオレットは小食で朝と夜しか食べない。父も召使いもそれを咎めもしないので、習慣を改めることもなかった。だから、レイに説教され目を丸くしたのだ。

「ヴァイオレット、君はまだ十歳だろう？　今のうちにたくさん食べなきゃ大きくなれないぞ」

「えっ……」

「君は確かに可愛いけどもう少し太った方がいい。女の子も猫と同じくらいふかふかしていた方がいいからな」

「……」

レイの可愛いとの褒め言葉がヴァイオレットは照れ臭くてならなかった。

（レイさんと一緒にいると、お屋敷にいるよりずっと楽しい）

言われたとおりにレイの隣に腰を下ろす。レイは籠の中からハム、卵、レバーペースト、チーズ、野菜様々な具を挟んだサンドイッチを取り出した。更に何やら陶器の容器を取り出し、籠の中からクリスを抱き上げる。

「クリス、お前の分はこれな」

容器の中身は鶏肉《とりにく》を茹《ゆ》でて細かくほぐした、クリス専用の餌なのだそうだ。離ミルク食として与えているのだという。クリスは青い瞳を輝かせ、顔を容器に突っ込んだ。

「クリスは鶏肉が大好物なんだ。ヴァイオレットは何が好きだい？」

「えっ……好きなもの？」

といわれても、ヴァイオレットにはよくわからない。今まで父に与えられたものを、ただ何も言わずに受け入れてきたからだ。そうでなければもっと嫌われてしまう。

だから、こう答えるしかなかった。

「えっと……嫌いなものはありません」

「おっ、いいことだな。でも、嫌いじゃないものじゃなくて、好きなものを聞いているんだ。この二つは似ているように見えて全然違う」

レイはヴァイオレットに「取《と》り敢《あ》えず」とハムのサンドイッチを手渡した。

「まず一口食べてみようか」

「は、はい……」

ヴァイオレットはサンドイッチを一口食べ、頬が落ちそうなその味に目を見開いた。

「美味《おい》しい……！」

ハムのサンドイッチは何度も食べているはずなのに美味しい。

「うまいか？　なら、ヴァイオレットはハムのサンドイッチは好きなんだな」

「好き……」

「ヴァイオレットはクリスを可愛いと思うだろ？　それも好きってことだ。うまいでも、可愛いでもなんでもいい。見ていると幸せな気持ちになれる」

「……」

ヴァイオレットはやっと覚えた「好き」という概念を噛《か》み締《し》めながら、では、なぜたった一人の家族であるはずのウォルターを見るたびに、幸福感ではなく寂しさを覚えるのだろうと悲しくなる。

「ヴァイオレット、どうした？」

「……なんでもありません」

父親に無視されて育ったからだろうか。ヴァイオレットは大人を気遣い、顔色を窺う子どもになっていた。

（レイさんに嫌われたくない。悲しい顔なんてしちゃだめよ）

悪いことをしたわけでもないのに、くせでつい謝ってしまう。

「ちょっと舌を噛んじゃって……ごめんなさい」

「……いけないな」

レイが眼帯のない方の眉を顰《ひそ》める。

「子どもがそんな遠慮なんてすべきじゃない。他人の顔色を窺うだなんて百年早いだろ。まだ甘えて、我が儘《まま》を言ってもいい年じゃないか。君のお父さんとお母さんは一体君をどう育てているんだ?」

ヴァイオレットはレイが何を言っているのかが理解できなかった。今までずっとそうして暮らしてきたからだ。

「……いけないな」

レイはもう一度そう呟くと、ヴァイオレットの髪に手を埋めた。

「ヴァイオレット、食事が終わったら、ちょっと遠出をしてみようか。この辺には花畑だけじゃなくて、湖や城跡なんかもあるだろう」

「遠出……?」

「そう、馬に乗るんだよ。ヴァイオレット、乗馬をしたことはあるか?」

ヴァイオレットは首を小さく横に振った。

「馬は、見たことしかなくて……」

「そうか、じゃあ、絶対に楽しいぞ」

レイは笑みを浮かべてヴァイオレットの柔らかな髪に手を埋めた。

馬の軽快な走りとともに、風がヴァイオレットの長い髪を舞い上げる。

「すごい……!」

流れゆく景色にヴァイオレットは歓声を上げた。薄ピンクのヒースの花畑が両脇を通り過ぎていく。

「気持ちいいだろう？」

「はい……！」

生まれて初めて馬に乗るのに、高さも速さもまったく怖くない。きっと後ろにレイが乗って、背を支えていてくれるからだろう。

「俺が乗馬を好きなのは、この風を切る感覚が好きだからなんだ」

「私も、好きです……！」

「おっ、好きなことが一つ増えたな」

それから一時間ほど馬を走らせ着いた先は、澄んだ水を湛えた湖のほとりにある朽ちかけた古城だった。

レイは先に馬から飛び降りると、ヴァイオレットの両脇に手を入れ、まるで高貴な姫君にするかのように、そっと地に足をつけてくれた。その仕草にヴァイオレットは一瞬ドキリとした。

レイが古城を見上げ「この城、すごいだろ？」と笑う。

「昔この地を治めていた領主が住んでいたらしい。今から三百年前だから中世になるのか」

古城は石造りで、八か所に四角形柱の塔が立っていたが、うち四つは崩れかけており、経った時の長さと人の世の儚《はかな》さを思わせた。太陽の輝く青い空の下なのでなおさらそう感じる。

「なんだか、寂しいのに綺麗……」

レイがヴァイオレットを見下ろし「いい表現だな」と微笑む。

「そうだな。確かに寂しいのに綺麗だ。ヴァイオレットは語彙が豊富だな」

「あっ……それは……うちにある本をたくさん読んでいるから……」

ウォルターに相手もされず、同じ年頃の遊び相手もいないので、一人遊びだけではなく、屋敷にある本を読むのが趣味になっていたのだ。子ども向けの絵本などなかったので、聖書、文学、語学、政治、経済、地理まで、分類を選ばずに手に取っていた。

「おっ、すごいな。ヴァイオレットは勉強家なんだな。長い時間じっとして本を読めるって、大人でもなかなかできることじゃないぞ」

「……」

レイはこうして何かにつけて褒めてくれる。ヴァイオレットはいまだにそれに慣れずに、またもや照れ臭くなって顔を伏せた。

「あ、ありがとう……ございます」

レイはそんなヴァイオレットに目を細め、「じゃあ、行こうか」と再び古城を見上げた。

「えっ、行くってどこへですか?」

「もちろん、城の中へだよ。大丈夫。俺は一度来たことはあって、構造はよく知っているんだ」

この古城は一見荒れてはいるが、近隣に住む村人が管理しているのだという。浮浪者やならず者の隠れ家にならないようにするためなのだそうだ。

「入り口に婆《ばあ》さんがいるから、その婆さんに人数分の銅貨を渡せばいい」

「で、でも、私、お金を持っていなくて……」

「子どもがそんなことを心配しなくていいんだって」

レイはヴァイオレットと手を繋《つな》ぎ、城の入り口を目指した。近くに座り込んでいた老婆に銅貨を二枚渡し、古城の内部に足を踏み入れる。

「わあ……」

現代の屋敷とは建築様式がまったく違う。玄関広間がなくすぐ廊下が続いており、その先に石造りの螺旋《らせん》階段があった。

「ちょっと今から上るけど、疲れたらすぐに言えよ」

「は、はい……」

階段の壁側には時折細い隙間のような窓が開けられていた。

「この窓は光を取り入れるためだけじゃなく、外の監視と攻撃用でもあるんだ」

見張りは昔ここから外敵の侵入を察知し、時には矢を放って侵入者を撃退したのだという。

　ヴァイオレットは感心して先を上るレイを見上げた。自分にはまったくない知識だったからだ。

「レイさん、物知りなんですね」

「ヴァイオレットも褒めるのが上手《うま》くなったな」

　階段は予想以上に長く続いており、十分も経つと息が切れるのを感じる。

　ヴァイオレットの荒い息に気付いたのか、レイが足を止めて振り返った。

「ヴァイオレット、大丈夫か？」

「は、はい……」

「うん、大丈夫じゃないな。ほら、おぶさって。代わりにこいつ持っていてくれる？」

　クリスを入れた籠を差し出されただけではなく、腰を屈めて背を突き出されたので、ヴァイオレットは驚いて首を横に振った。

「お、重いですから……」

「ヴァイオレットくらいの重さなんて重さですらないさ。ほら」

　レイは優しく頼もしいと同時に少々強引な性格らしく、ヴァイオレットがおぶさるまで体勢を変える気はないらしい。

　ヴァイオレットは根負けして籠を受け取り、「す、すいません……」と顔を赤らめつつレイに身を任せた。

レイの背中は大人の男性らしく大きく広く温かく、ヴァイオレットはなぜか泣きそうになってしまった。

（やだ。どうして涙が出るの……？）

レイに知られたくはないとその背に目を押し付ける。

「ん？　どうした？」

「……なんでもありません」

ずっとこうしていたいとは言えなかった。

レイに背負われ更に五分ほど階段を上り、ようやく目的地らしき明るい場所に辿《たど》り着《つ》いた。どうやら現存する塔の一つの最上階らしい。

「わあ……」

思わず大きく開いたアーチ形の窓に駆け寄る。

先ほど足下にあった青い湖がはるか下にある。湖だけではなく付近の村の家々の屋根が小さく見えた。遠方には先ほどレイとともに馬で駆け抜けた、薄ピンクのヒースの花畑が広がっている。

「高いところからだといつもの景色が全然違って見える。神様みたいな気分になるだろ？」

「はい……」

自分の暮らす地がこれほど美しいとは思わなかった――ヴァイオレットの小さな胸は感動で一杯になっていた。

一方、レイは「ここならいいか」と、籠からクリスを出した。クリスは首に縄を付けられているわけでもないのに逃げもせず、レイの肩にひょいと飛び乗り、ヴァイオレットと同じ方向に目を向ける。

レイはヴァイオレットの隣に立ち、「この景色は好きか？」と尋ねた。ヴァイオレットは満面の笑みでレイを見上げてこう答えた。

「はい、大好きです。とっても好き」

「そうか。よかった。ヴァイオレット、一つ提案があるんだ」

レイは人差し指を立てた。

「これからなんでもいいから、毎日一つずつ好きなものを見付けよう。そして、次会う時に俺に何が好きになったのかを教えてほしいんだ」

「次会う時までに……？」

「そう、面白い宿題だろ？」

信じられない思いにヴァイオレットの声が震える。

「また、レイさんやクリスと会えるんですか……？」

「もちろんだ。だって、約束しただろ?」

レイの笑顔は今日の青空よりも眩《まぶ》しく見えた。

◇◆◇◆◇

以降、レイは約束した通りに、毎年春と秋の終わりにクリスを連れ、ヴァイオレットに会いにヒースの花畑に来てくれた。一人と一匹が領地付近に滞在する毎度の一週間が、ヴァイオレットの何よりの楽しみであり、心の支えになっていた。

レイと知り合い四年目の秋のことだった。

レイはいつものようにクリスとヒースの花畑にやってきた。

「やあ、ヴァイオレット!」

「レイさん!」

駆け寄ったヴァイオレットを目にし、眼帯のない片目を瞬かせる。

「……背が随分伸びたな?」

「はい。背が一インチ以上伸びたんです。ちゃんと食事を三食取るようにして……」

近頃背だけではなく痩せていた体も、少女らしくふっくらしてきた。胸もかなり育ちもはや子ども用のドレスでは間に合わない。腰は括《くび》れ、尻はまろやかな線を描き、ドレスの裾から覗く踝《くるぶし》は、白く瑞々《みずみず》しくキスしたいと思わせる。以前は子どもらしい可愛さだったが、次第に男性を魅了する若い娘のそれになりつつあった。

もっとも、ヴァイオレットにはレイ以外の他人との接触がほとんどない。近くにある村に同じ年ごろの子どもはいないし、いたところで内気なので積極的に声を掛け、友だちになれるとは思えなかった。それゆえに、幸か不幸か自分の女性としての魅力を知ることはなかった。

レイは眩しそうに目を細めてヴァイオレットを眺めた。

「女の子が大きくなるのは早いな。さて、今日はどこへ行きたい？」

「古城の近くの湖がいいです！」

「よし来た」

その日はレイと馬で二時間の町へ遊びに行き、翌日は古城のある湖へ出かけた。

レイはほとりに腰掛けると、まず籠からクリスを出した。

「さて、宿題はできたか？」

「はい！」

ヴァイオレットがレイに促されて隣に座ると、すかさずクリスが膝の上に陣取る。レイの胡坐とヴァイオレットの膝はクリスの定位置となっていた。

ヴァイオレットはクリスの背を撫でながら、好きになったものを一つ、一つ上げていった。

「ヒースの花は、私、花盛りの頃の色も、こうして枯れかけの時も大好きなんです。淡紫と、薄ピンク……どちらも優しい色で好き。それと、家の庭の木に今年初めてリンゴがなったんです。レイさんと一緒に食べたいと思って……」

こっそりもいできた青リンゴを持参の籠から取り出し、はにかみ微笑んでレイに一つ手渡す。

「とっても美味しいんです。きっとレイさんも好きになると思います」

毎日必ず一つ好きなものを見付ける――その宿題はレイに出会うまでは、ただ寂しかったヴァイオレットの日々を、楽しく彩りがあるものにしていた。

朝食のマーマレードジャムが美味《おい》しかった。好きだ。夏の空に大きな六色の虹がかかった。好きだ。読み込んだ書物の革表紙がいい色になってきた。好きだ。ヒースが枯れて紅葉し目が痛くなるほど色鮮やかだった。好きだ。

屋敷の中にも外にも好きだと思えるものはたくさんあった。そして、好きなものが増えると人生が豊かになっていくのだともわかった。

レイはリンゴを齧《かじ》り、目を細めながらヴァイオレットの話を聞いてくれた。

ヴァイオレットは最後にもじもじしながら、「でも……」と頬を染めた。

「やっぱり、一番好きなものは……好きな人は、レイさんとクリスです」

本心だった。

もはやヴァイオレットにとっては、同じ屋敷に暮らしながらも声一つ掛けない父よりは、年に二度会って話題を共有でき、触れ合えるレイやクリスの方が大切になっていた。

「おいおいおい」

レイはリンゴを齧るのを止め、なぜか慌てたように首を横に振った。

「ヴァイオレット、俺やクリスにはいいけれど、それを同世代のガキに言うなよ」

「……？　どうしてですか？」

それ以前に周囲に同世代の少年などいない。そう説明するとレイは苦笑し再びリンゴを齧り始めた。

「それならいいんだけど、なんて言ったらいいのか。ヴァイオレット、君は自覚がなさすぎる」

（ジカク？　ジカクってどういう意味なのかしら？）

首を傾げつつも、そうだ、今日はいつもの宿題以外に、レイに話さなければならないことがあったのだと思い出す。

「レイさん、あの、クリスをもらってくれてありがとうございます。それから、毎年会わせてくれて……」

四年前に助けた小さな命が、今ではすっかり大きくなって、こうして膝の上で惰眠を貪っている。ヴァイオレットにとっては奇跡のような一時だった。

レイはいつものようににっこり笑ってヴァイオレットの頭を撫でてくれた。

「子どもが気にすることじゃないさ」

「……」

ヴァイオレットの大好きな大きな温かい手だった。

今まではこうして優しくされるだけで嬉しかったはずなのに、なぜか子ども扱いされなぜか心がモヤモヤするのを感じる。

（胸がちょっと締め付けられるみたいで……苦しい）

十四歳という年齢が子どもなのかどうかの判断はつかなかったが、レイにそう言われるとなぜか反発したい気持ちに駆られた。

だが、内気なヴァイオレットはそれを言葉にすることはなかった。なんだかとても恥ずかしいことのような気がしたからだ。ぐっと心を押し殺して、「駄目なんです」と首を横に振る。

「クリスはこれからもレイさんのお家でお世話になる。私はクリスに何もしてあげられない……だから」

懐からたった一つの宝物をそっと取り出す。母のアデルが亡くなる前にくれた指輪だった。大粒のエメラルドの左右を、ローズカットのダイヤモンドが挟んだデザインだ。アデルは「あなたが結婚する前に渡したかったけど、それまで生きていられそうにないから……」と遺言していた。彼女もやはり亡き祖母から嫁ぐ前に渡されたのだという。

「レイさんがクリスを育てるのに、お金がどれくらいかかったのかわからないんですけど、この指輪で払えそうなら…」

レイは指輪を渡そうとしたヴァイオレットの手首を摑《つか》んだ。

「ヴァイオレット、いけない。この指輪は大切なものなんだろう？　高価なものだと一目でわかる。こんな大粒のエメラルドは俺ですら見たことがない」

らしくもない拒絶の言葉と込められた力の強さに驚いて、ヴァイオレットはレイが「俺ですら」と言ったことに気付かなかった。

「でも……」

「でもじゃない」

だが、今回ばかりはヴァイオレットも引けなかった。

「でもレイさん、私、これからクリスに何もしてあげられないんです。餌をあげることも、ベッドで一緒に寝ることも、病気の時に薬を飲ませることもできない。それが悲しくてたまらないんです」

「ヴァイオレット……」

叶うことならクリスの成長を見守りたかった。だが、ウォルターが動物と自分を嫌う限りは、有り得ないのだと知っている。

「お願いです。受け取ってください。私にできることはこれしかなくて……。足りるのかわからないんですけど……」

レイはヴァイオレットを見つめたまま黙り込んでいたが、やがて「わかった」と頷き指輪を受け取った。

「ただし、もし返してほしいと思ったらすぐ言ってくれ。必ずそうするから。こんなものがなくたって、クリスはちゃんと面倒見るからな。俺もクリスが家族みたいに大事なんだから」

「ありがとう、ございます……」

返してほしいと思うことなど有り得ない。指輪一つでクリスが安定した生活ができるのならそれでよかった。

ところが、レイはヴァイオレットの言葉が信用できなかったらしい。

「ヴァイオレット、子どもの頃には選択を間違えがちだ。だから、本当にすぐ言ってくれ」

と繰り返していた。

その日は三時間ほど花畑で過ごし、暗くなる前に手を振って別れた。

「じゃあ、ヴァイオレット、また明日！　帰り道は気を付けろよ！」

「はい！　レイさんも気を付けて！」

ヴァイオレットは結局レイが指輪を受け取ってくれ、クリスの生活を保証してくれたことに胸を撫で下ろし、一層明るい気持ちで家路を急いでいた。

（レイさんなら信じられるわ。約束を守ってくれる人だもの）

いつもならヴァイオレットが一人で勝手に遊びに出たところで、父のウォルターや執事が咎めることはまったくない。ヴァイオレットに無関心だからなのもあるが、ラッセル伯領は田舎ということもあり、よくも悪くも人口が少ないので治安がよく、村人などは家の扉に鍵を掛けもしない。子どもが一人で外出してもたいして危険ではないからだ。

しかし、その日の帰宅後は様子が違っていた。

ヴァイオレットが裏口の扉をこっそり開けると、執事が厳《いか》めしい顔つきで待ち構えていたのでびくりとした。

「お嬢様、お帰りなさいませ」

「あ、アルバート？　どうしたの？」

「旦那様がお待ちでして、お話があるそうです」

ウォルターが自分のために時間を取るなどとまた驚く。

「お話ってなんのお話なの？」

尋ねたものの執事は「とにかく、書斎へ」と繰り返すばかりである。ヴァイオレットは首を傾げつつも執事に連れられ書斎へ向かった。

（お父様が私と話したいだなんて、お母様が亡くなって以来じゃ……）

屋敷の書斎を訪ねるのは初めてだった。ウォルターに「決して立ち入るな」と命じられていたからだ。

執事が扉を叩き、ウォルターの「入れ」との返事を確認し、恭しく開ける。

「ヴァイオレットだけでいい。アルバート、お前は戻れ」

「かしこまりました」

ヴァイオレットは不安に駆られながらも、書斎に足を踏み入れた。

書斎は左右の壁に本棚が置かれ、隙間なく分厚い書物が並べられていた。奥には磨き抜かれた大きな机と対の椅子がある。ウォルターはその椅子に腰掛けていたが、ヴァイオレットの足音を聞きゆっくりと顔を上げた。

ヴァイオレットは父の顔を見るなり恐ろしさに身を強張《こわば》らせた。ブルーグレーの双眸が怒りに燃えているのを見て取ったからだ。

「お父様、あ、あの、失礼いたします。わ、私になんの用で……」

「……ヴァイオレット、先日お前らしき娘が眼帯の男と二人きりでいたと報告があった。それは本当なのか」

ヴァイオレットは息を呑《の》んでウォルターを見つめ返した。レイと遊んでいたのを見られていたとは思わなかった。レイとは大体馬に乗って一、二時間ほどの遠方に行き、近くの町や森や湖、古城などでお喋りをしていたからだ。その辺りにはウォルターを含め、屋敷の召使らも滅多《めった》に出向くことがない。

この四年で美しい娘に成長したので、どこにいても目立つようになり、それにゆえに金目当ての町の住人に気付かれ、密告されたとも思わなかった。

また、そうした行動を咎められるとも思わなかった。「私に恥を掻かせるな」とは言われていたが、それ以外は何をしても注意らしい注意などされなかったからだ。

「それは……」

「お前は伯爵家令嬢なのだぞ。いつから男遊びをするような、そんなふしだらな女になった？」

ヴァイオレットはふしだらという単語をまだ知らなかったが、そのなんとも嫌な響きに悪い意味なのだとは理解できた。

ウォルターの眼差《まなざ》しには愛情の一欠片《ひとかけら》もなく、呆《あき》れと蔑みしか感じられない。

「そんなどこの馬の骨とも知れない、悪い男に引っかかるとは……」

ヴァイオレットの全身が生まれて初めて怒りで一瞬にして熱くなった。

（私は……私はなんて思われても構わないわ。でも、お父様でも神様でも、レイさんを悪く言うのだけは許せない！）

すみれ色の瞳に炎を燃やし、両の拳を握り締め前に一歩踏み出す。

「レイさんは……レイさんは悪い人じゃありません！」

レイの名を口にしてしまい、はっとして口を両手で塞ぐ。ラッセル伯爵家の当主であり、この辺り一帯の領主でもあるウォルターは、領内では無視できない権力がある。

いくら全国を旅する気ままな行商人のレイでも、目を付けられればただでは済まないだろう。領内で行商を禁じられるくらいならいいが、場合によっては伯爵令嬢を誘拐したとの冤罪《えんざい》で、牢《ろう》に放り込まれてもおかしくはない。

「ほう、お前を誑《たぶら》かした男はレイという名なのか」

ウォルターの目がギラリと光る。

「お、お父様、お願いです。レイさんには何もしないでください。あの人はクリスを助けてくれて……」

しかし、ウォルターはヴァイオレットもレイも許すつもりはないらしい。

「……少々お前を甘やかしすぎたようだな」

低い声で唸《うな》るようにそう呟き、「今後、お前には一切の外出を禁ずる」と命じた。

「そんな……！」

レイとクリスとの年に二度の触れ合いは、ヴァイオレットにとっては生き甲斐となっていた。それすら失くして今度何を支えにすればいいのか――

「お父様、お願いです。二度と遠くに行ったりしませんから……」

「ならん！」

けんもほろろの態度だったが、それでもウォルターに縋《すが》り付《つ》く。

「お願いです……。もう一度レイさんに会いたいんです……！」

だが、ウォルターは一度決めた外出禁止を覆《くつがえ》すことはなかった。

ヴァイオレットは自室に閉じ込められただけではなく、二十四時間見張りが付き、一挙一動を監視されることになった。食事は部屋に運び込まれ、入浴は数人の侍女が付き、こっそり外に抜け出すなど不可能だった。

こうして、ヴァイオレットはさよならも言えないままに、レイとクリスと別れることになってしまったのだ。

第二章　王女の侍女

屋敷に閉じ込められ三年の歳月が過ぎ、その年ヴァイオレットは十七歳になった。

通常、フェイザー王国の貴族は領地と王都それぞれに屋敷を持ち、冬の社交シーズンになると王都に出向いてそちらの屋敷に滞在し、夏になるまで社交のための舞踏会、晩餐会《ばんさんかい》三昧の毎日となる。

令嬢は十五歳から十八歳で社交界デビューするのが慣例だった。まだ婚約者のいない令嬢は、そこで将来の伴侶を見つけ出すのである。

ところが、ヴァイオレットは社交界デビューどころか、屋敷から一歩も外に出してもらえない。召使らもこの事態が異常だとは感じるようで、今日も扉の外の廊下で噂話《うわさばなし》をしていた。

「ねえ、ヴァイオレット様って今年も社交界デビューしないの？　婚約者が決まっているわけでもないんでしょう？」

「一応、候補者は何人かいるみたいよ。最有力候補がコンプトン侯爵の弟」

「えーっ！　よりによってあの男⁉　素行が悪いって有名じゃないの！　それに、ヴァイオレット様と十五歳くらい離れていなかった？」

「まあ、政略結婚なんだろうしね。年の差なんて当たり前じゃないの？」

ヴァイオレットはベッドに伏せっていたが、召使たちの声を耳にし、唇を噛み締めて枕を抱き締めた。メイドの他愛《たあい》ないお喋りだからと、聞き逃すことのできない話題だった。

「そろそろお前の結婚相手を決めなければな」と先日ウォルターに告げられていたからだ。「アデルを殺した償いに、せめて家の役に立て」とも。

ウォルターはヴァイオレットが結婚前に、噂《うわさ》を立てるような行動を取るのを恐れているのだろう。外に出すつもりはないらしく、社交シーズンになっても一人で王都に行く。

（このまま顔も知らない男の人と結婚することになるの……？）

唯一の救いは会えなくなってからのレイが、領内で誘拐犯として逮捕されてはいないことだった。ヴァイオレットの軟禁に同情的な召使の一人に、レイの身体的特徴を告げて調べてもらったのだが、レイが捕らえられたという話はまったくないという。

それだけでもよかったのかもしれないと、ヴァイオレットは深い溜《た》め息《いき》を吐いた。自分のせいでレイがひどい目に遭っていれば、後悔するどころではなかっただろう。

「もう二度と会えないんだろうな……」

声に出さずにそう呟くと、胸がぎゅうと締め付けられた。

子どもの頃には理解できなかったが、十七歳となったヴァイオレットは、レイに子ども扱いされた時に覚えた、あの胸のモヤモヤの正体をすでに悟っていた。

レイへの「好き」はクリスへの「好き」とは違っていた。幼く淡くはあるが、親切にしてくれた年上の男性への、紛れもない恋だったのだ。初恋だった。

（今頃どうしているかしら……）

人の記憶とは残酷なもので、どれだけ大好きだった人でも、ずっと会えずに三年も経つと、その声も顔立ちも曖昧になってくる。ヴァイオレットはもう、レイのサファイアブルーの右目しか思い出せなくなっていた。

結婚しても監視者が父から夫に変わるだけで、この軟禁生活はたいして変わらないのだろう——そう考え絶望していたヴァイオレットの元に、ある日突然仰天する知らせがもたらされた。

——ウォルターが再婚するというのだ。

相手の女性はとある平民地主《ジェントリ》の未亡人だとのことだった。未亡人とは言ってもまだ二十代半ばである。

貴族ではなく商家出身だったのだが、その美しさを見初められて地主に嫁ぎ、結婚して二年で夫に先立たれたのだそうだ。ウォルターとは王都で知り合ったのだという。

いくら再婚とは言えまだ出産が可能な年だ。貴族の血を引いていない上に結婚歴があるなど、将来の嫡男、あるいは令嬢の母親には相応《ふさわ》しい家柄や経歴とは言えない。

それでも、ウォルターは親族の反対を押し切って再婚を断行した。

挙式はひっそりと執り行われ、列席者は父方のごく一部の親族だけに限られた。一部どころかどころか、ヴァイオレットも列席を許されなかった。実の娘の参加すら許さない異常な状況に、ヴァイオレットも不信感を抱いた。

（いくらなんでもおかしいわ。私にとっては義理の母になる人との結婚なのに）

ウォルターは後妻ともども新婚旅行から領地の屋敷に戻るなり、執事伝手《つて》にヴァイオレットに屋敷を出るように命じた。打って変わった指示にヴァイオレットは「なぜ」と呟いた。

「どうしていきなり……今になって？」

しかも、屋敷を出て王宮に行けという。なんでも現在第一王女シャーロットが侍女を募集しており、ヴァイオレットが条件に合致したのだそうだ。

未婚の貴族の令嬢が礼儀作法を習うため、また、よりよい縁談を紹介されるために、身内の推薦、あるいは王族に直に声を掛けられ、侍女となるのは珍しくない。

しかし、ヴァイオレットは自分だけは有り得ないと首を横に振った。枕を抱き締めベッドの片隅に後ずさる。

「む、無理よ。そんなの無理」

自信がなく、内気な性格だからなのではない。ずっと屋敷に閉じ込められ、ウォルターや召使以外には会わないまま、十七歳になってしまったのだ。王族の侍女として以前に、貴族としての社交やマナーすら知らない。貴族としての立ち振る舞いは貴族と接するからこそ磨かれるものだ。

「それこそお父様の恥になってしまうわ。アルバート、お願い。無理だと伝えて」

だが、執事は「旦那様のご命令です」と繰り返すばかりだった。

結局従わなければならないとは理解していたものの、なぜ今になって放逐されるのかがわからなかった。

（私はお父様の認めた男の人と結婚するんじゃなかったの？）

その後有無を言わさず出立の準備をさせられ、三日後にはもう荷物とともに馬車に乗せられていた。

従僕に早く座れと促され、溜め息を吐きつつ馬車の窓の外を見たのだが、その際一階の応接間のカーテンの隙間から、父と後妻の姿が見えてあっと声を上げた。

二人は真っ昼間からいちゃついていたが、そんなことは気にならなかった。ヴァイオレットの目を釘付《くぎづ》けにしたのは義母の容姿だった。彼女は亡くなった母のアデルに瓜二《うりふた》つだったのだ。

金髪もエメラルドグリーンの双眸も、上品で清楚な美貌も驚くほどよく似ている。

(そう……。そういうことだったの)

ヴァイオレットはこの時なぜウォルターに捨てられたのかを悟った。

ウォルターはアデルの身代わりを見つけたのだ。しかも、彼女はまだ若く子を産める。

これまではどれだけ冷遇しようと、ラッセル家の子女はヴァイオレット一人だけだったので、将来婿を取って跡を継がせるつもりだったのだろう。だが、新たな子が生まれてしまえば、愛してもいない娘など必要なくなる。

「……っ」

ヴァイオレットは膝の上の両の拳をかたく握り締めた。

(お父様はお母様に姿形がそっくりでさえあればいいの……?)

アデルはヴァイオレットが四歳の頃に亡くなっているので、思い出が多くあるわけではない。それでも、髪を撫でてくれた優しい手や、愛情の込められた眼差しをよく覚えていた。

アデルの美点は容姿ではなく、心優しさにあるのだと思っていた。なのに、ウォルターは娘でも、赤の他人の女性でも、似てさえいればそれでいいのだという。

(お父様は……結局私を少しも愛してくれなかった)

再びレイの右の瞳の青を思い出す。

「レイさん……」

（レイさんは私が何を好きか知ろうとしてくれたのに……）

　呟きはあまりに小さく耳に届かなかったのか、付き添いの従者がヴァイオレットに目を向けることはなかった。

◇◆◇◆◇

――ヴァイオレットがシャーロット王女の侍女となり、あっという間に二ヶ月目になった。

　現在は王女に届けられた手紙を取りに行ったり、庭園にその日花瓶に挿す花を摘みに行ったり、誰でもできる簡単な雑用ばかり任されている状況である。これでは侍女というよりは召使いだと焦っていた。

　通常、王侯貴族付きの侍女の仕事は、主人の化粧や髪結い、服装や宝飾品、靴などの選択や衣装の管理、買い物の補佐などだったが、ヴァイオレットはまだその一切に関わることができない。そうした知識が皆無であったがゆえに、一度、手痛い失敗をしてしまったからだ。

一般的な令嬢ならば王族の侍女として必要な教養を、貴族としての暮らしと家族や知人、友人との交流の中で自然に身に着けていく。

だが、ヴァイオレットは十四歳までは放置されて育ち、その後の三年間は閉じ込められていたので、貴族の女性としての常識がない。日中と夜中のドレスが違うことも知らなかった。

同僚は無知なヴァイオレットに呆れ、侍女頭はそれでも侍女として受け入れた以上、何かさせなければと考えたのだろう。シャーロット王女とは接触させず、絶対に失敗しない雑用を任せたという経緯があった。

ヴァイオレットは惨めさを噛み締めながら、このままではいけないと危機感を覚えた。

(もしかしたら一生王宮で生きていくことになるのかもしれない。……もうラッセル家に居場所はないのだから、自分で作るしかないんだわ。だったら、嘆いてばかりいないで頑張らなくちゃ)

そこで、貴族の一般常識を学ぶべく、仕事が終わり夕食と入浴を済ませた夕方に、足繁《あししげ》く王宮内の図書館に通うようになったのだ。

図書館は夜八時まで開放されているだけではなく、古今東西の専門書や実用書、文学作品が揃《そろ》えられており、もちろん一般常識やマナーの教本もある。

実家での習慣から読書は苦痛ではなかったので、一日数冊借りてはページが擦り切れるほど読み込み、重要な箇所はメモを取って暇があれば暗記に勤《いそ》しんだ。

その夜は借りた書物を返し新たな本を借りに、閉館ギリギリの時間に図書館へ向かった。

玄関広間にある柱時計に目を向けると、すでに午後七時五十分である。間に合わないと小走りに階段を上っていった。

途中、踊り場に人影があったので立ち止まる。

（あの方は……王太子殿下？）

あの見事な金髪は見間違えるはずがない。国王の嫡男である王太子レナードだった。

もう一人は服装からして側近の貴族だろうか。二人とも声を潜めて何やら語り合っている。

「その男は外務大臣の……か？」

「はい、その通りです。ですが、まだ証拠がかためられず……」

なんとなく聞いてはいけない気がしたので、ヴァイオレットは息を潜めて二人の話が終わるのを待った。数分後に側近が立ち去るのを見送り階段を上っていく。途中でレナードとすれ違ったのだが、その横顔をどこかで見たことがある気がして、振り返ったことで体勢を崩してしまった。

「きゃあっ！」

レナードが咄嗟《とっさ》に手を伸ばし、ヴァイオレットの手首を摑んで抱き寄せる。

（よ、よかった。落ちるかと思った……）

ほっと胸を撫で下ろしていたのだが、広い胸に抱き留められているのだと気付き、慌てて顔を上げて飛び退《との》こうとした。だが、レナードはヴァイオレットを離そうとはしない。

「待ちなさい。このままだと、また君が階段から落ちてしまうよ」

「もっ、申し訳ございませんっ……！」

誤りながらも顔を上げて息を呑む。頭一つ分上の高さに、二つとない白皙《はくせき》の美貌があったからだ。

「た、大変失礼な真似《まね》を……！」

レナードは今年二十四歳になったが、この年頃の王族の男性には珍しく、いまだに婚約者が内定していない。数年前まではいたのだが、病死してしまったのだとか。そのせいで各国の姫君、国内の令嬢がそわそわしているのだと言う。

レナードは見上げるほどの長身で、小柄なヴァイオレットにはさらに背が高く見える。引き締まった体つきは剣と銃と乗馬、更に王族の慣例である二年の従軍経験で、軍人並みに鍛え抜かれているのだそうだ。

見事な肉体を王族の男性の略装である詰襟の濃紺の上着、白いシャツとズボンで包んでいるのだが、このデザインは彼のためにあるのではないかとすら思わせられるほど似合っていた。

体格だけではなく国王から受け継いだ、端整な顔立ちも魅力的だった。金をそのまま糸に紡いだようなくせのない金髪をさらりと整え、二つの瞳はサファイアをそのまま嵌《は》め込《こ》んだような青である。

はっきりとした形のいい眉と通った鼻梁《びりょう》、薄い唇、鋭い頬の線は、高貴でありながらも男性的で女々しさがなく、神が精魂込めたのだと思わせるような、完璧なバランスで配置されていた。

その王太子の胸にもたれかかっているのである。不敬どころではないとヴァイオレットは泡を食って、今度は体勢を立て直しつつ身を起こした。

「ほ、本当に申し訳ございません……！」

「申し訳ない」を何度繰り返しただろうか。ヴァイオレットは情けなさと恥ずかしさで、顔が熱くなるのを感じた。

レナードはふと微笑んでヴァイオレットの髪を撫でた。大人の男性らしく大きく、骨張った温かい手だった。

「構わないよ。こんなに可愛いレディを抱けるだなんて、私の方が役得だ」

「……っ」

王宮でレナードに出会うのは何度目だろうか。

シャーロットとは兄妹として仲がよいのか、私的にもよく私室を訪ねてくるので、ヴァイオレットも自然と言葉を交わす機会が増えていた。レナードは雰囲気こそ高貴だが、気さくな人柄らしく、よく侍女にも声を掛けていたのだ。

人当たりがよく話しやすいからか絶大な人気がある。侍女の中には次期王太子妃の座を狙っている令嬢もいた。

だが、ヴァイオレットはレナードが少々苦手だった。なぜなら、いつも会うたびに「可愛い」だの、「素敵だ」だの、いまだに聞き慣れないお世辞を言われるからだ。

さすがに侍女となって二ヶ月目にもなれば、社交辞令だとわかるのだが、その甘い褒め方と優しい手が、初恋の相手であるレイを思い出させる。

レイの特徴として覚えている、サファイアブルーの瞳も同じだ。だから、ついレイを連想してしまうのか、会うたびに心臓がドキドキしてしまうのだ。

（殿下にときめくだなんてとんでもないわ）

レナードはレイではないと自分に言い聞かせても、こうして間近にするとやはり意識してしまう。

ヴァイオレットがやっとの思いで立ち上がると、レナードは「もっとこうしていてもよかったのに」と、いかにも残念そうに首を傾けた。ヴァイオレットは冗談ではないとますます顔を赤くする。

「い、いけません！　未婚の男女が……！」

「ヴァイオレットはそういうところも可愛いね」

レナードはくすくすと笑いながら、ヴァイオレットが小脇に抱えた書物に目を向けた。

「おや、こんな時間に図書館かい？　勉強熱心だね」

「は、はい、そうです……」

「なら、急がないと。引き留めて悪かったね」

「いいえ、こちらこそ申し訳ございませんでした」

頬が熱くなるのを感じつつ図書館へ急ぐ。

ところが、あいにく図書館はまだ閉館五分前であるのにもかかわらず、すでに出入り口が閉ざされ消灯されていた。

今日はどうしても借りたい本があったのでがっかりする。

（仕方ないわ。私の手際が悪いのがいけないんだから）

明日朝一番に借りに来ようと、気を取り直して身を翻す。直後に、数歩先の薄暗い廊下に、背の高い影が佇《たたず》んでいたので肝を潰した。悲鳴を上げかけ「ヴァイオレット、私だよ」と声を掛けられはっとする。

「殿下……？」

「君に伝えたいことがあってね。図書館は遅くとも閉館十五分前には来た方がいい。館内の点検をするので早めに閉めてしまうことがあるんだ」

「そう、だったんですか……」

「誰か教えてくれる人はいなかったのかい？」

「それは……」

唇をかたく噛み締め、一歳年上の先輩侍女である、クレアとの遣《や》り取《と》りを思い出す。

シャーロットの侍女となって一ヶ月、ヴァイオレットはドレス担当のクレアと組んで、宝飾品を選ぶ係を割り当てられた。

ただデザインを合わせればいいというわけではない。王侯貴族の身支度には複雑な規範と様式があり、加えて流行や本人の好みなどを考慮する必要もある。

ヴァイオレットは無知であることを自覚していたので、研修期間として割り当てられた初めの月に、侍女頭に頭を下げて参考となる書物を教えてもらい、死に物狂いで片端から頭に叩き込んだ。

ところが、ある夜貴族らとの晩餐《ばんさん》会のための宝飾品を選ぶ際、とんでもない間違いを犯してしまったのだ。

シャーロットの着付けをする直前になって、クレアに呼び出されて駆け付けると、クレアは鬼の形相で首飾りを手にヴァイオレットに詰め寄った。

『――ヴァイオレット、この首飾りは何!?』

『えっ……。何か間違っていましたか？』

規範にも今日のドレスのデザインにもシャーロットの好みにも合っているはずだった。

クレアはわざとらしく大きな溜め息を吐いた。馬鹿にした目付きでヴァイオレットを睨み付ける。

『この首飾りは二日前にも付けたでしょう。宝飾品は三日以上の日数が空けないと、同じものを身に着けてはならならないのよ。こんなの常識でしょう』

『申し訳……ございません。知りませんでした』

『申し訳ございませんじゃ済まないの。恥を掻くのはあなたじゃなくてシャーロット様なのよ？』

そんなことは書物には一行も書かれていなかった。だが、言い訳などできるはずがない。

クレアたち一般的な令嬢との育ちの差を痛感した。

クレアはそれ以上責める気はなかったようなのだが、呆れたように腕を組みヴァイオレットを睨み付けた。

『あなた、ここに来て一ヶ月が経ったんだから、いい加減覚えてほしいわ。今まで家で何をしていたの？』

家で何をしていたと問われると口籠るしかなかった。

シャーロットは溜め息を吐きヴァイオレットに背を向けた。

『もういいわ。早くそれを仕舞《しま》ってきてちょうだい。代わりに私がやっておくから』

以来、シャーロットは任せておけないと感じたのだろう。侍女頭に直談判《じかだんぱん》したらしく、ヴァイオレットは係を外されてしまった。クレアは同年代の侍女を仕切る立場らしく、そんな彼女に睨《にら》まれたくはないのだろう、他の侍女たちも滅多に口を利いてくれない。

答えあぐねて口籠っていたのだが、レナードはくすりと笑って質問を変えた。

「なんの本を借りたかったんだい？」

「はい。王侯貴族の女性の身支度の規範の書物です」

「ああ、だったら図書館で借りるのは勧めない。三ヶ月ほど前に火事があって、最新版が燃えてしまったんだ。今並べられているのは一昔前のものばかりだから」

「えっ、そうだったんですか」

なら、一体何から学べばいいのかと途方に暮れる。

レナードは顎に手を当てていたが、やがて「ヴァイオレット、おいで」と手を差し伸べた。

「そうした書物なら私もあらかた持っている。図書館で借りると返却期限があり少々不便だろう？」

「えっ……でも……」

形のいい薄い唇の端に笑みが浮かぶ。

「いいからおいで。取って食いやしないから」

レナードの執務室は濃紺に王家の紋章が散りばめられた壁紙の部屋で、奥のアーチ型の窓に沿う形で書斎机と椅子が並べられていた。机の上には数百枚はあろうかという書類が角を揃えて置かれている。レナードが担当している政務なのだろう。

部屋の中央には休憩用と思《おぼ》しき長椅子とテーブルが設置され、飲みかけの茶が入ったカップがあった。

だが、何よりもヴァイオレットの目を引いたのは、三方の壁を埋める本棚にぎっしりと詰め込まれた書物だった。

「わあ、すごい……」

個人の蔵書とは思えない数だ。

「女性の身支度の規範の書物だったね？　少し待っているといい」

レナードは北側の右端にある本棚に向かうと、迷いなく数冊の書物を取り出した。

「ここに全部書いてある」

「あっ、ありがとうございます」

ヴァイオレットは恐縮しつつ書物を受け取った。

「それから、規範の書物だけではなく、この歴史書も読んでおくといい」

「歴史書も？　なぜですか？」

「ただ暗記するより面白くなるからさ」

レナードはヴァイオレットに長椅子に座るよう促した。ヴァイオレットの隣に腰掛け膝の上で暦書を開く。

「この歴史書は三百年前から二百年までの歴史について綴《つづ》ったものだ。ああ、あった」

ヴァイオレットが歴史書を覗き込むと、当時のファイザーは貧しく、王妃ですらドレスは三着、宝飾品は数えるほどしかなかったのだと書かれていた。

「この国にもそんな時代があったんですね……」

「当時はまだろくな産業のない小国だったからね」

ところが、当時の王太子が当時の同盟国の大国から王女を娶《めと》ることとなり、我が国を舐められてはいけないと威信を賭けた見栄《みえ》を張った。

借金をしてでも豪華なドレスや宝飾品、靴を揃え、宝飾品は三日以上の日数が空けないと、同じものを身に着けてはならならないとしたのだ。

ヴァイオレットは思わず「あっ、だからだったのね」と声を上げた。

由来を知ると覚えやすい。

「こうしたくだらない逸話が現在の規範になっているんだ。面白いだろう？」

「はい、とっても……！」

顔を輝かせて歴史書から顔を上げてはっとする。

を逸らした。

（わ、私、殿下と二人きりなんだわ）

それだけではなくピタリとくっついて腰掛けている。今更意識してしまいモジモジと目を逸らした。

レナードはヴァイオレットの心境を知ってか知らずか、「ほら」と書物を手渡してくれた。

「返すのはいつでもいい。ところでヴァイオレット、君は仕事のために規範を覚えたいんだね？」

「……っ」

無知だと思われるのは恥ずかしかったが、本当のことなので仕方がない。ヴァイオレットはおずおずと頷いた。

「はい。恥ずかしながらろくにマナーも覚えなくて……」

「お父上は何もしてくれなかったのかい？　令嬢の教育は本来母親の役目だが、亡くなっているとなれば父親の役目だろう」

「私は外で遊ぶが好きなお転婆《てんば》で、父の言うことを聞かなかったんです」

捨てられた今となってもついウォルターを庇《かば》ってしまう。血を分けたたった一人の家族なのだ。まだ諦めがつかずに胸がチクチクと痛んだ。

レナードは何も言わずにヴァイオレットを見つめていたが、やがて「そうか」と呟き髪に手を埋め優しく撫でてくれた。

「だから、今頑張っているんだね。ヴァイオレット、学び始めるのに遅すぎるということはない。学ぼうとしない態度こそもっとも恥ずべきことだ」

大きな手の平と温かい言葉に目の奥が熱くなる。

「あ、ありがとうございます……」

「とはいえ、君一人でやるのは効率が悪そうだな」

レナードは「ああ、そうだ」と頷いた。

「ヴァイオレット、君の休みは日曜日だったね」

「は、はい……」

「だったら、私が君に規範の問題を出すから、一週間で解いて持ってきなさい」

「え、ええっ⁉」

「勉強は一人では効率が悪い」

「で、でも……」

それではレナードの貴重な時間を奪ってしまうと慌てる。ただでさえ国王の補佐で多忙なのだ。

だが、レナードは「いいんだよ」と笑うばかりだった。

「私もいい気晴らしになる」

ヴァイオレットは心臓がドキリとするのを感じた。レナードの笑い方がレイに似ている気がしたからだ。

その週末の土曜日からレナードはヴァイオレットの教師となり、ヴァイオレットの問題の解答を目の前で採点し、間違えたところは詳しく解説してくれるようになった。その後、復習で簡単な試験をする。

初めは慣れないせいか間違いだらけだったが、一ヶ月も経つと問題を解くのにも試験にも慣れ、時折ではあるが満点を取れるようになってきた。

——宝飾品を選ぶ係に復帰できたのもこの頃だった。

ある金曜日の午後、シャーロットが王都の新設の教会の式典に参加することになり、その際、ヴァイオレットも雑用係として同行した。その際、宝飾品係が間違えてダイヤモンドのあしらわれた、十字架のネックレスを用意していたのだ。

本来、フェイザーの教会では式典中に宝石付き、特に光を放つダイヤモンドの宝飾品を身に付けるのは禁止されている。神の威光を損なってはならないとされているからだ。ゆえに、真珠、黒真珠、ジェットだけが許可されている。

だが、その日のドレスのデザイン上、首飾りを着けないというわけにはいかない。そもそも教会の式典など滅多にない機会だからか、さすがのクレアも知らなかったらしい。司祭に指摘され真っ青になっている最中に、ヴァイオレットがみずからのジェットの首飾りを差し出したのだった。

「クレアさん、どうぞ。それほど高価なものではありませんが……」

「でも、あなたの分はどうするのよ」

「私は雑用係に過ぎませんから、出席しなければそれで済むだけです」

クレアは目を瞬かせてヴァイオレットを見つめていたが、やがて「ありがとう」とぼそりと呟きジェットのネックレスを受け取った。

「……あなたのおかげで助かったわ」

何よりもクレアのその一言が嬉しかった。

ヴァイオレットは手柄を立てたかったわけではなく、学習した知識を生かせたのが嬉しかっただけだ。だが、クレアと宝飾品係は失敗を正直にシャーロットに報告し、ヴァイオレットのおかげで助かったのだと伝えてくれたらしい。後日、シャーロットの私室に呼び出され、「ありがとう」と笑顔で礼を言われた。

「今日はあなたの首飾りを借りたって聞いたわ。私ですら式典に光り物は駄目だなんて知らなかったの。ヴァイオレット、あなた、頑張っているのね」

「も、もったいないお言葉です……」

シャーロットからお褒めの言葉をいただけるとは思わなかったので、ヴァイオレットは頬を染めて足元に目を落とした。

「あなたって照れ屋さんなのね」

シャーロットはくすくす笑った。

「あのね、クレアと宝飾品係の子が、ヴァイオレットに侍女に復帰してほしいって言っているの。あなたはどうしたい？」


翌日の土曜日、ヴァイオレットは弾む足取りでレナードの執務室へ向かった。レナードに宝飾品係に復帰できたとの報告と、これまでの勉強の礼を言いたかったのだ。

扉を数度叩くとすぐに「入りなさい」と返事があった。

レナードは喜びを隠しきれないヴァイオレットの表情から、すぐに何かいいことがあったのだとわかったらしい。長椅子を勧めヴァイオレットに続いて腰を下ろした。

「今日は随分嬉しそうだけどどうしたんだい？」

「はい。私、宝飾品係に復帰できることになったんです。殿下のおかげです」

自分自身のためだけにではなく、レナードに頭が悪いと思われたくはない――その一心で勉強に励んだのが功を奏したのだろう。ヴァイオレット自身はそう分析していた。

レナードは手を伸ばしヴァイオレットの髪に手を埋めた。

「よくやったね。だが、私は手助けをしたかもしれないが、復帰できたのは君自身の努力のたまものだよ。ヴァイオレット、君は自分を誇っていい」

「誇るだなんて……」

「謙虚なのも君のいいところだけどね。そうだ。ご褒美をあげよう」

「ご褒美、ですか？」

「ああ、そうだ。ヴァイオレット、顔を上げて。そして口を開けてごらん」

「えっ？」

ヴァイオレットは言われるままに顔を上げ、次いで小さく開けた口に、甘い何かを放り込まれたので驚いた。その香り高さと甘さに思わず頬を押さえる。

レナードは「他の侍女には内緒だ」と唇に人差し指を当てた。

「昨日ロアンヌ王国の大使と会談があって、その時献上されたチョコレートボンボンだ」

「美味しい……！」

「だろう？　ロアンヌの菓子類は絶品が多いからね。私もさっき一つ食べて、君にもあげたいと思ったんだ」

チョコレートでオレンジの砂糖漬けをくるんでおり、ほのかな苦みと甘みと酸味のコントラストが堪《たま》らない。

侍女に復帰できた喜びも、シャーロットに認められた感動も、甘味《あまみ》への感動に吹き飛んでしまった。

真っ直ぐにレナードを見つめ、心からの笑みを浮かべる。自分のすみれ色の瞳が三年ぶりに喜びにきらきらとし、目を奪うほどの輝きを放っていたのには気付かなかった。

「ありがとうございます……！　私、これ、大好きです……！」

同時に、レイとともに過ごした日々の中で、毎日一つずつ好きなものを見付ける——それが宿題だったことを思い出す。

（そう、王宮でだってそうすればいいんだわ。毎日一つずつ好きなものを見付けるの。毎日がきっともっと楽しくなるわ）

仕事を覚え、馴染《なじ》むのに必死な日々の中で、暮らしを豊かにしてくれるに違いなかった。

ヴァイオレットはたった今思い付いたアイデアに夢中になり、レナードが自分を食い入るように見下ろしていたのに気付かなかった。あらためてレナードに意識を戻した時には、すでにレナードはいつもの人当たりがいいレナードだった。

「……喜んでもらえたのならよかったよ。さあ、今日の分の勉強をしようか」

「……はい！」

ようやく自分の未来に光を見いだすことができ、ヴァイオレットは上機嫌で膝の上に書物を開いたのだった。


——宝飾係としての仕事にもすっかり慣れた金曜日、ヴァイオレットはシャーロットに書物を返してきてほしいと頼まれ、図書館へ向かおうと一階の廊下を歩いていた。

もう王侯貴族の習慣の基本はほぼ覚え、実戦するのも苦ではなくなっている。先週の土曜日には、レナードは「そろそろ規範の授業は終わりかな」と頷いていた。

（明日が最後の授業になるのかしら）

腕の中の書物を胸に抱き締める。

（殿下と話せなくなるのは嫌だわ）

教会の式典以降、クレアや他の侍女たちとも徐々に仲良くなり、すでに宮廷での居場所を見つけてはいる。もう孤独ではないはずなのに、レナードには会い続けたいのだ。

（でも、殿下の貴重なお時間をいただいているし、殿下だって私が頼りないから勉強を見てくださっているだけだし……）

悶々《もんもん》とした気持ちのまま二階に向かう階段に足を掛けた次の瞬間、「みゃあ」と猫の声が聞こえたので振り返る。

（えっ、猫の声……？）

どこにいるのかと辺りを見回し、曲がり角に置かれた飾り壺の陰に、小さな影を見付けつい腰を屈めた。

すでに大きな三毛猫だった。首に赤いリボンを巻いている。ふくふくとしており、毛並みもよく、大切にされているのだと一目でわかった。澄んだ水色の瞳の色を見て、思わず

「……クリス」と呟く。

そう、三毛猫はレイに託したクリスが成長すれば、こうなるだろうという姿だったのだ。

「でも、まさかね……」

クリスであるはずがないと苦笑する。それでも、懐かしさからつい「おいで」と手招きしてしまった。

「大丈夫、大丈夫、怖くないよ。おいで。チッチッチ……ミャア」

三毛猫は不思議そうに首を傾げていたたが、伸ばされたヴァイオレットの指先のにおいをくんくんと嗅いだ。

「……！」

途端に尻尾をピンと立てる。更にヴァイオレットの足に体を擦り付け、ゴロゴロと喉を鳴らした。

「あら、あなた、人懐っこいのね」

懐かしい温もりに目を細める。

「でも、どこの子なのかしら？」

王宮に猫を飼っていた人物などいただろうかと首を傾げていると、「お〜い、クリスタル、クリスタル」と、誰かを呼ぶ声が聞こえた。

声の主はレナードの従者だった。ヴァイオレットの抱き上げた三毛猫を見付け、「あっ、ここにいたのか」と声を上げる。

「ヴァイオレット様、ありがとうございます。ずっと捜していたんです」

まだ年若い従者はなぜか頬を染め、目を泳がせつつヴァイオレットに礼を述べた。

「この子は従者様の飼い猫なんですか？」

「いいえ、殿下の猫なんですよ。身内の者しか飼っていることは知らないのですが……」

「えっ、殿下は猫を飼われていたんですか？」

「はい。三匹いて、普段は殿下の寝室にいるのですが……」

白猫で琥珀色《こはくいろ》の瞳のアンバー、黒猫で若草色の瞳のジェード、そして、この三毛猫はクリスタルという名なのだそうだ。

「まあ、クリスタル（水晶）だなんて素敵な名前ね」

いずれの猫も血統が優れているというわけではなく、すべてレナードが公務で外出したり、お忍びで出掛けたりした際、小さいのに一匹でいた、あるいは捨てられていたところを拾ったのだという。

「殿下ってやっぱりお優しい方なのね」

それに、猫好きだとは知らなかった。なんとなく親近感を抱いて嬉しくなる。

従者はヴァイオレットの言葉にうんうんと頷いた。

「小さいものや弱いものには本当にお優しいですよ。猫に好かれるのもわかります。それにしても、クリスタルが殿下以外に懐くだなんて……」

クリスタルは警戒心と好き嫌いが激しく、レナードに代わってよく餌をやる従者にも、ほとんど懐かないのだという。今日も水を与えようと部屋を訪れたところ、毛を逆立てて威嚇したのち、扉と壁の隙間から飛び出したのだとか。

「中で見つかってよかったですよ。外に逃げていたらどうなったか。こいつ、殿下に甘やかされていますからね。今更野良猫として生きていけるとは思えません」

従者は安堵《あんど》の息を吐きつつ、ヴァイオレットから抱き取ろうとした。ところが、クリスタルはヴァイオレットの胸に必死になってしがみ付き、決して離れようとしない。

「なんだよお前、雌のくせに女の子が好きなのか？」

ヴァイオレットは従者の困り顔が気の毒になり、また、クリスタルともう少し一緒にいたいのもあって、恐る恐るこう申し出た。

「従者様、殿下のお部屋にご案内していただけますか？　私が連れて行きますから。シャーロット様の用事は急ぎではないですし……」

「ああ、ありがとうございます。そうしていただけると助かります」

従者とともに代々の王太子の私室のある四階へと向かう。

私室の前では従者が扉を叩くまで、心臓がいつになく速く打っていた。

(殿下のお部屋に入るのって初めて……)

一体、どのような趣味なのだろうかと気になる。

「殿下、失礼します。クリスタルが見つかったので連れてまいりました」

従者が声を掛けて間もなく、「入れ」と低い声で返事があった。

「殿下、実は、ヴァイオレット様もご一緒なんです。クリスタルを保護してくださったんですよ」

「ヴァイオレットが？」

「はい」

「なら、ヴァイオレットも中に入るように」

扉が音もなく開けられ、ヴァイオレットは従者に促され、レナードの私室に足を踏み入れた。

「失礼、いたします……」

レナードの私室は広さこそヴァイオレットのそれの四倍はあったが、装飾は意外に簡素で、飾り壺や彫像などの置物はまったくなかった。

壁際にある書き物用の机は実用的なつくりで、窓際にある軽食用のテーブルと椅子も似たようなものだ。天蓋付きのベッドだけは豪奢《ごうしゃ》だが、これは代々の王太子が使用してきたものであり、レナードの趣味というわけではないだろう。

レナードは窓辺の椅子に腰掛け、膝の上に伸びた黒猫、ジェイドを乗せていた。

室内にいるからか、いつもより一段暗くなったサファイアブルーの瞳が、ヴァイオレットの隣に立つ従者にさり気なく、だが真っ直ぐに向けられる。

「ああ、ヴァイオレット、クリスタルを連れて来てくれてありがとう。シリルお前は今日もう仕事を終えていい」

「いや、でも……」

従者は目を丸くし、レナードとヴァイオレットを交互に眺めていたが、やがてがっくりと肩を落として「……そういうことですか」と呟いた。

「……かしこまりました。では、殿下、頑張ってくださいませ……」

（……？　頑張るって何を？）

三匹の猫の世話なのだろうかと首を傾げる。レナードはそんなヴァイオレットに「おいで」と告げた。

「えっ……」

「クリスタルを連れてきてほしいんだ。その子はどうも君が気に入ったらしい。離れるつもりがないみたいだからね」

ヴァイオレットは命じられるままにレナードに歩み寄った。

レナードはヴァイオレットにしがみ付くクリスタルを見て微笑みながら、テーブルを挟んだ向かいにあるもう一脚の椅子を目で指し示した。

「そこに座りなさい。ずっと抱きっぱなしでは疲れるだろう」

「は、はい……」

ヴァイオレットが椅子に腰を下ろすと、クリスタルは慣れた動きで、ヴァイオレットの膝に箱座りをした。

「この子、クリスタル、可愛いですね」

名前までクリスに似ていると微笑む。

「私、猫が大好きなんです」

「私もだよ。動物はなんでも好きだが、猫は別格なんだ」

気まぐれで自分の意志が最優先。そんなところが好きなのだという。

「私もです。自由で面白いんですよね」

レナードの膝で寛《くつろ》いでいたジェイドが、不意に立ち上がりうううんと背伸びをし、今度は丸まって再び瞼を閉じた。よほどレナードから離れたくないのだろう。

ふと、ジェイドを羨ましいと感じてしまう。レナードに思う存分甘えても許される立場にいるのだから。

（やだ。私ったら何を考えているの。いくらレイさんに少し似ているからって……）

自分の気持ちを誤魔化《ごまか》したくて、膝の上のクリスタルを撫でていると、その様子を眺めていたレナードが薄い唇の端を上げた。

「クリスタルが羨ましいね。君のように可愛い人に思う存分甘えられるのだから」

「えっ……」

同じことを考えていたのかと驚いて顔を上げると、サファイアブルーの双眸がヴァイオレットだけを映していた。

心臓がドキンと大きく鳴る。いつになく甘く優しい光が、その瞳に浮かんでいる気がしたからだ。

胸が苦しくなり、目を逸らさなければと思うのに、たったそれだけのことができない。どれだけの時が過ぎたのだろうか。一分、二分、三分、あるいは十秒にも満たなかったのかもしれない。密度の濃い沈黙を破ったのはレナードだった。

「シリルに聞いたかもしれないが、クリスタルは人見知りでね」

表情はいつのまにか彼らしい、余裕あるものに戻っている。あるいは、先ほどの眼差しは錯覚でしかなかったのか――ヴァイオレットが判断に困っていると、レナードはくすくすと笑いながら、フゴフゴ口を動かすジェイドの腹を撫でた。

「クリスタルは私以外には懐かなくてね。だから、君には心を許したと知って驚いた。当然と言えば当然なのだろうが……」

――猫も随分と情に厚い。

最後の唇だけの囁きを、ヴァイオレットの耳は拾えなかった。

「人見知りであるだけならまだいいが、脱走癖があるので困っている。今日のように時々逃げてしまってね。ヴァイオレット、クリスタルを外で見つけた時には、またここに連れて来てくれるかい？」

「そ、それはもちろん……」

クリスタルに触れるだけではなく、またこの部屋に来て、レナードと話せるのなら嬉しい。ヴァイオレットは照れながらも二つ返事で頷いた。

レナードとまた一つ接点ができたのが嬉しかった。

（私、またドキドキしている……）

王太子にときめくなど不敬だと思いつつも、ヴァイオレットは忙しい日々の中で見つけた、ささやかな「好き」だという気持ちを手放す気にはなれなかった。

◇◆◇◆◇

——侍女となってからあっという間に半年の月日が過ぎた。

とにかく真面目に、誠実に、一生懸命働こうとするヴァイオレットを、シャーロットは何かと可愛がってくれ、宝飾品係以外にも仕事を任せてくれるようになった。そのうちの一つが髪の手入れである。

その日の朝も、ヴァイオレットは鏡台の前で、椅子に腰掛けたシャーロットの後ろに立ち、ふわふわ揺れる亜麻色の巻き毛を梳《す》いていた。

「シャーロット様の御髪《おぐし》、とてもお綺麗ですね」

「本当はお兄様みたいな金髪がよかったんだけどね……。でも、ありがとう。あなたの焦げ茶の髪も素敵よ」

「も、もったいないお言葉です……」

シャーロットであれ、レナードであれ、社交辞令だとはわかっているのだが、お世辞を言われるのにはいまだに慣れない。ヴァイオレットは頬が熱くなるのを感じた。

シャーロットは微笑みながら鏡越しにヴァイオレットを見つめた。

「ヴァイオレット、自信を持たなければ駄目よ。あなたは王宮でも一、二を争う美少女だわ。お伽噺の世界から抜け出してきた妖精みたい。初めてあなたと会った時、あんまり可愛くて、嫉妬心すら沸き上がらなかったもの」

さすがにそれは褒め過ぎだと慌てる。

「な、何をおっしゃいますか」

「だから、連れて歩くと面白いのよね。貴族の男どもの目の色が変わって」

シャーロットは軽やかに笑いながら、鏡台の引き出しを開けた。中から濃緑色のリボンの掛けられた小箱を取り出す。

「あなた、今日で私に仕えて半年目だったわね？　いつもありがとう。これは私からの贈り物よ」

「えっ……」

「ほんのお礼。侍女皆にしていることだから、そんなに気にしないでね」

「も、もったいのうございます……」

早く中を見てと促され、そっとリボンを解いて箱を空ける。すみれを模した髪飾りだった。金細工で花弁の部分にはアメジストが、茎と葉の部分にはエメラルドがあしらわれている。

「こ、こんな高価なもの、いただくわけには……」

「駄目よ、返さないで。これを着けてやってもらいたいことがあるの」

シャーロットはにっこり笑ってヴァイオレットを見上げた。

「来月、舞踏会が開催されると聞いたでしょう？」

王宮では一ヶ月に一度は社交の一貫として、大広間で舞踏会が開催されている。中でも社交シーズンの始まる十二月の舞踏会は、祭日と重なるのもありもっとも大規模、かつ華やかなものになっていた。その舞踏会に参加しろと言うのだ。

「クレアと一緒に私の付き添いをしてほしいの。初めと終わりだけでいいのよ。あとは自由に踊っていていいから」

「そ、それは……」

この半年、レナードの手助けもあり、なんとか貴族としての常識を身に付け、侍女としては合格点をもらえるようになった。王宮での社交にも次第に慣れて来てはいたが、それは顔ぶれが固定しているからである。

舞踏会では地方から招待された、見知らぬ貴族が多くいるに違いない。内気で自信のない性格もあって、初対面の彼らとそつなく話せる自信がなかった。

また、父のウォルターも後妻とともに招待されているはずだ。出くわせば気まずいどころではない。

とはいえ、主人であるシャーロットの命令を断れるはずもない。

ヴァイオレットは緊張と不安に吐き気を覚えた。

「か、かしこまりました……」

「そう言えばあなた、舞踏会は初めて参加するのよね？」

ウォルターはヴァイオレットを軟禁していた頃、社交界デビューさせない理由を、「病気がちだから」と嘘《うそ》の説明をしていたらしい。実際には貴族としての教養のない娘を人目に晒したくなかったのだろう。ちなみに、侍女として王宮に追いやった際には、「成長するにつれ健康になったので、礼儀作法を学ばせたい」と言い訳していたのだとか。

「は、はい。シャーロット様、実は私、まるで踊れないんです」

それも舞踏会への参加を躊躇《ためら》う理由だった。

貴族の令嬢はダンスができて当然だとされており、まともな両親なら幼い頃から教師をつけて練習させる。だが、ウォルターは父親としての義務を、果たそうともしなかったのだ。

「それは困ったわね。あなたが誘われないとは思えないし……。ああ、そうだわ。じゃあ、ダンスの講師に見てもらうといいわ。予算は私が出しておくから」

「えっ、でも、それでは……」

「主人としてそれくらいさせてちょうだい」

シャーロットにそう諭されると、ヴァイオレットは何も言えない。結局、一ヶ月後の舞踏会までに、毎週土曜日にレッスンをしてもらうことになった。

つまり、レナードとの勉強は中断しなければならない。残念だったが踊れない侍女をそばに置いていると、シャーロットに恥を掻かせたくはない。

（それに、いい機会だわ）

ヴァイオレットは廊下を歩きながら唇を噛み締めた。

（これ以上、私の我《わ》が儘《まま》で殿下にご迷惑をかけるわけにはいかないもの）

いつものようにレナードの執務室の扉を叩く。

「ああ、ヴァイオレットか。入りなさい」

ヴァイオレットは何気ないこの遣り取りが好きだった。

執務室に足を踏み入れ長椅子に腰を下ろす。レナードが隣に座るのももう当たり前になっていた。

「殿下、お伝えしなければならないことがあるんです」

「伝えたいこと？　なんだい？」

「シャーロット様からご連絡があるかと思いますが、この勉強会をもう止めなければならないんです」

サファイアブルーの目がわずかにだが見開かれる。

「……なぜだい？」

「殿下も規範はもういいかとおっしゃっておりましたし……」

「……次はぜひ国史を覚えてほしいと思っていたのだが、君は私の授業が迷惑だったかい？」

ヴァイオレットの背筋に震えが走った。束の間ではあるがレナードの眼差しが鋭くなるのと同時に、一気に氷点下に下がるほど冷ややかな空気を感じたからだ。

（ど、どうしたの？　殿下は怒っていらっしゃるのかしら？　どうして？）

戸惑いながらも事情を説明する。

「そ、そんな、迷惑だなんてことはありえません。ただ、ダンスを覚えなければならないのです」

一ヶ月後の舞踏会に出席することになったので、それまでにある程度踊れるようにならなければならない――そう告げるとレナードは「なんだ、そんなことか」と、形のいい薄い唇の端で笑った。

「なら、講師は私が引き受けよう」

「ええっ⁉」

「そちらの方が予算がかからない上に、私もダンスには自信がある。何せ、三歳の頃から母上、シャーロットを初めとして、数多くの貴婦人と踊ってきたからね」

「で、ですが、それでは殿下のお時間を取ってしまいます」

「構わないよ。いい気晴らしになる」

サファイアブルーの瞳に甘い光が瞬く。

「ヴァイオレット、信じられないのなら試してみるかい？」

「た、試す……？」

「ああ、そうだ」

レナードはヴァイオレットの手を取り、優雅な動作で立ち上がった。釣られてヴァイオレットも腰を上げる。部屋の中央で向かい合い、レナードを間近にして見上げると、心臓がドキリと鳴るのを感じた。

レナードはヴァイオレットの指にみずからのそれを絡めた。大人の男性らしい骨張った長い指を感じて、たちまちヴァイオレットの体温が上昇する。

「あっ、あのっ……」

「舞踏会のダンスならワルツになるだろうね。基本だけ試してみようか」

ダンスは予備歩、ナチュラルスピンターン、リバースターン、ホイスク、シャッセフロムPPで構成されるのだという。

「どれも重要だが、特にどれだけシャッセフロムPPが巧みかで、ダンスのうまさが決まると言われている」

シャッセフロムPPは男女が同じ方向を向いて、開く・閉じる・開くの三歩で前進するステップだ。互いのタイミングを合わせなければならない。

「さあ、軽くやってみようか。ヴァイオレット、君は何もしなくてもいいよ」

「えっ？　ちょっ……」

次の瞬間、レナードの動きに釣られ足がステップを踏んだ。世界がくるりと回るのと同時に、ヴァイオレットの焦げ茶の髪も起こった風に揺れる。

ステップを踏むたびに絡み合う手だけではなく、腕と腕、時に胸と胸が触れ合い、ドレス越しでも火傷《やけど》しそうなほど熱く感じた。

ようやくすべての基本を終える頃には、たいした運動をしたわけでもないのに、ヴァイオレットの心臓は爆発寸前になり、全身に熱湯さながらの血液が駆け巡っていた。

「──とまあ、これがワルツの基本だね。ヴァイオレット、一ヶ月もあれば君はかなりうまくなるだろう。本当にダンスはこれが初めてなのかい？」

ヴァイオレットはやっとの思いで「……はい」と頷いた。

「だ、誰かと踊ったのもこれが初めてで……」

サファイアブルーの目が甘い光を湛えたまま細められる。

「つまり、私は君が最初に踊った男というわけか。……ふむ、講師に任せなくてよかったな」

「……？」

ヴァイオレットはレナードの言葉の意味が理解できなかった。というよりは、心を落ち着かせるのに必死でそれどころではなかったのだ。


──いよいよ今日は舞踏会である。

ヴァイオレットにとっては、実質的な社交界デビューにもなるので、緊張で心臓が口から飛び出てしまいそうだった。レナードに土曜日の夜ごとにみっちり教えてもらったものの、自信がついたというところにまでは至っていないのもあった。

ドレスの色は淡いバラ色で、「あなたのデビューを手伝いたいの！」、と張り切ったシャーロットが布地を取り寄せ、王宮の針子に命じてあつらえたものである。

レースとフリルがふんだんにあしらわれ、若々しく可愛らしいのはいい。だが、一つだけ問題があった。流行中の首と肩を出したデザインで、胸の谷間もはっきりと見えてしまうのだ。ヴァイオレットは恥ずかしがったものの、シャーロットに「今時はこれくらいでなきゃ」と押し切られてしまった。

髪は一部を結い上げ贈られた髪飾りを着け、残りは自然に下ろしている。「あなたの焦げ茶の髪は見事だから、しっかり見せ付けなきゃ」と勧められた髪型だった。

化粧もいつもは自分でしているのだが、今日は特別な日だからと、専門の召使らに念入りに施されている。

最後にシャーロットに「自信を持ちなさい」、と背を叩かれたが無理だった。

いよいよ会場の大広間にシャーロット、クレアとともに足を踏み入れる。

屋敷が一棟入りそうな規模だった。

眩《まばゆ》い光を放つシャンデリアのもとで、色とりどりのドレスで着飾った貴婦人や令嬢らは、軽やかに舞い飛ぶ蝶《ちょう》に見えた。対照的にパートナーを務める紳士、貴公子らは漆黒や濃紺などの落ち着きのある色の衣装が多く、男性だけが持つ厳格さを引き立てている。

「うわあ……」

ヴァイオレットは初めて見る華やかな世界に目を瞬かせた。

一方、クレアはまっとうに育てられた令嬢であり、社交界にも舞踏会にも慣れているからか、ごく自然に華やかな空気に馴染んでいた。

シャーロットが友人の公爵家の令嬢と話している最中、ヴァイオレットは羨望の眼差しをクレアに向けた。

「クレアさんはすごいですね。お美しいですし、立ち振る舞いも上品で……」

クレアはなんともいえない表情になった。

「あなた、それって嫌味《いやみ》？　私を馬鹿にしているの？」

「えっ……嫌味なんかじゃ……。クレアさんはスタイルがよくて肌も綺麗で、赤紫のドレスもよく似合っていて……。私、今日のクレアさんのドレス姿、とっても好きです」

本心だった。今日のクレアは美しいと、心から感じたからそう言ったのだ。

「……」

クレアはしばしヴァイオレットを凝視していたが、やがて大きく溜め息を吐き、「あなたには負けたわ」と苦笑した。

「えっ？」

「シャーロット様があなたを可愛がる理由がよくわるわ。そんな無邪気な目で好きだって言われちゃね」

「……??」

わけがわからず首を傾げるヴァイオレットの背を、勢いをつけてバンバンと叩く。

「あなたも十分可愛いわよ。十分というか、かなり可愛いんだから、自信持ちなさい」

「で、でも……」

「私が言っているんだから間違いないわよ」

やがて、シャーロットは続いて現れた国王の手を取り、踊るつもりなのか大広間の中央へ向かった。途中、クレアとヴァイオレットを振り返る。

「さあ、あなたたちも楽しんでらっしゃい」

クレアは早速誘ってきた貴公子の手を取り、「じゃあ、あとでね」と告げ、踊る一団に混ざった。

一方のヴァイオレットはシャーロットに指示された通り、壁の花となって辺りを見回した。

シャーロットは「ヴァイオレットにダンスのパートナーを見繕っておく」と言ってくれていた。ダンスの未熟なヴァイオレットをうまくリードしてくれる名手なのだとか。「誰なのかは当日のお楽しみ」と笑っていたが、相手から声を掛けてくれるはずである。「ヴァイオレットもよく知っている男性よ」とのことなのだが――

何気なく大広間内を見回す。

（皆、本当に綺麗だわ。花畑に迷い込んだみたい。あ、あのドレスの刺繍《ししゅう》、とっても素

敵）

いつものように一つ一つ好きなものを数え上げていく。

そうするうちに次第に緊張感が抜け、華やかな雰囲気を楽しむ余裕が出てきた。

「ヴァイオレット」

途中で右側から名を呼ばれ、低く艶やかな声にドキリとする。

「殿下……？」

聞き間違えるはずもない。王太子レナードだった。

相変わらず後光のような高貴さを放っている。漆黒の正装を身に纏っており、ヴァイオレットはその立ち姿に息を呑んだ。

混じり気のない黒が、無駄のない、引き締まった長身と長い手足を引き立てている。何より、対照的な光り輝く金髪が目を引いた。

招待客が女性のみならず、男性もレナードの存在感に目を奪われている。

ヴァイオレットはしばし惚《ほう》けていたが、やがて我に返って慌ててドレスの裾を摘まんだ。

「ご、ごきげんよう、殿下……」

サファイアブルーの目がヴァイオレットを捉え、見開かれる。その間落ちた沈黙にヴァイオレットは目を瞬かせた。なぜレナードが黙り込んでいるのかわからなかったからだ。

レナードは「……驚いた」と呟いた。

「ヴァイオレット、やはり綺麗になったね。ほんの小さな子どもだと思っていたのに」

褒め言葉には違いなかったのだが、ヴァイオレットは少々傷付いた。この半年間レナードにとっての自分は、侍女として半人前で、何もできない子どものようなものだったのだろうと解釈したからだ
ヴァイオレットが気分を害したのに気付いたのだろう。

「ああ、そういう意味ではないよ。確かに誤解を招く言い方だったな」

レナードが珍しく慌てたように取り繕う。

「君はこの会場一美しい。森から迷い出た精霊のようだ」

「……」

今度は手放しの称賛をされ、白粉《おしろい》を叩いた頰が熱くなるのを感じる。きっと昨日シャーロットの部屋に飾った、深紅の薔薇より赤くなっているに違いなかった。

「あ、ありがとうございます。嬉しいです……。で、殿下もとても素敵です……」

やはりレナードに褒められると照れ臭くなり、お世辞をうまく返すことができない。

レナードは「ありがとう」と目を細めた。

「君の言葉は社交辞令ではなく本当だと思えるよ。ところで、先ほどキョロキョロしていたが、誰か探していたのかい？　友だちかい？　だったら、邪魔をしてしまったね」

「あっ、違うんです」

慌てて首を振って否定する。

「私、自分への宿題で、毎日必ず一つ好きなものを見付けるようにしているんです」

一つでも見つけられると、一日を幸せな気分で過ごせるのだと教えると、レナードは
「素敵な宿題だね」と笑ってくれた。

「それで、好きなものは見つけられたかい？」

「はい！　今日はたくさんありました」

その中にはレナードも含まれるのだとは、さすがに照れ臭くて黙っておいた。

一方、レナードは世間話と挨拶が済んでも立ち去る気配がない。こんなところで侍女に過ぎない自分と、油を売っていてもいいのだろうかと首を傾げる。

「あ、あの、ところで、私なんかとお話をしていてもよろしいのでしょうか？　殿下のパートナーのお嬢様が困るのでは……」

「パートナーは君だよ、ヴァイオレット」

「えっ……」

「私はこの一ヶ月、君のダンスの講師だったんだ。招待客の男の中で一番君をうまくリードできるのは私だ」

「ええっ⁉」

まさか、レナードだとは予想もしていなかった。シャーロットは一体何を考えているの

かと慌てる。

「そ、そんな、恐れ多い……」

「ヴァイオレット」

優しい声で名を呼ばれ、恐る恐るレナードを見上げる。

「何も恐れることも、恥じることもない。すべてを私に委ねればいい」

男性らしく指が長く骨ばった、大きな手がそっと差し伸べられる。練習でもう何度も触れ合ったはずの手なのに、ヴァイオレットはいまだに慣れず、相変わらず心臓が跳ね上がってしまった。

「君のダンスのパートナーになれるなど、これほど名誉で嬉しいことはない」

サファイアブルーの双眸に浮かぶ甘い光に魅せられながら、レナードの微笑みは香《かぐわ》しいワインに似ているとヴァイオレットは思う。つい口に含んで酔わされてしまう。

気が付くとすでにレナードの手を取っていた。同時に、楽団の音楽が先ほどまでの舞曲の演奏を終え、海外のゲルリッツ帝国発で、現在流行中のワルツが始まる。

レナードはヴァイオレットを中央へと導き、一際細い腰に手を回した。

「さあ、踊ろうか」

床がそのステップでタンと音を立て、直後にくるりと世界が回る。

「ヴァイオレット、大丈夫だ」

レナードの宥《なだ》めるような声に、ヴァイオレットは小さく頷いた。

（そう、殿下にすべて任せればいいんだわ）

ゆったりではあるが確かに回っているのに、レナードのリードが巧みだからなのか、酔うこともなければ不安でもない。それどころか、曲のリズムに合わせて次第に楽しくなってきた。

何より目の前でレナードが笑っていてくれるのだ。心臓のドキドキはいつしか甘いときめきに変わり、ダンスを楽しむ余裕が出て来た。

ヴァイオレットの心境の変化に気付いたのだろう。

「ヴァイオレット、楽しいかい？」

サファイアブルーの双眸が、すみれ色のそれを映す。

「はい、とっても……」

ヴァイオレットは満面の笑みでレナードを見上げた。

「私、ダンスが大好きです……！」

「いい笑顔だ」

レナードが再びステップを踏み、くるりと回り体勢を変える。

「あっ……」

ヴァイオレットは思わず背を仰《の》け反《ぞ》らせた。レナードが倒れないよう腰を支えながら、覆い被さるように顔を近付けて来たからだ。

「で、殿下……？」

レナードの吐息の熱さを感じるほどに距離が近い。一歩間違えれば唇が重なってしまいそうだった。心臓がドキンと跳ね上がる。

「ヴァイオレット、大広間にいる男どもは全員、今日の君に恋に落ちただろうな」

「えっ……」

レナードは一体何を言っているのだろうかと戸惑う。

「他にもお美しい方はたくさんいらっしゃいますし……」

「言っただろう？　君が会場一美しい。いや、フェイザー一かもしれないな」

さすがにそこまで褒められると、照れ臭いを通り越して、言い過ぎだと申し訳ない気分になる。

ヴァイオレットには自分がそれほど美しいとは思えなかった。王宮には美女も美少女もゴロゴロいるし、先ほどシャーロットと別れたあとにも、クレアはすぐ貴公子に声を掛けられたのに、自分は避けられている気すらしたからだ。

ヴァイオレットが躊躇《ためら》いがちにそう説明すると、レナードは唇の端に笑みを浮かべた。

「君が他の男から誘われないのは当然だろうな」

「で、ですよね……」

ああ、やはりお世辞だったのかと胸を撫で下ろす。

「今日、私と踊ったことで、君は二度と声を掛けられなくなるだろう」

「……？」

レナードに言葉の意味を問《と》い質《ただ》す前に次の曲が始まる。今度は少々テンポの速い舞曲で踊りも速くなり、ヴァイオレットは話す間もなくなってしまった。

それから更に三曲踊り、少々疲れたところで、レナードは気遣って休憩を取ってくれた。

「楽しかったです……！」

目を輝かせて白皙の美貌を見上げる。

「次に舞踏会に参加するまでに、私もちゃんと踊れるようになっておきます」

「その時にはまた私のパートナーになってくれるかい？　君と踊るのは私もとても楽しかった」

「えっ……」

社交辞令だとはわかっていたが、まだ踊りたいと言ってくれたのが嬉しくて、ヴァイオレットははにかみながら笑みを浮かべた。

「はい、もちろんです。殿下の仰せなら……」

素敵な王子様とダンスをするなんて、夢のような一時だったと思う。一年前までは考えられなかった。

「じゃあ、ヴァイオレット、またあとで。いいかい、私が戻るまで大人しくしているんだよ」

子どもに言い聞かせる口調と同じだったので、やはり子ども扱いされているのかと苦笑する。それでもちゃんと、「はい、かしこまりました」と答えた。

レナードは今から久々に舞踏会に参加した、親族の女性の相手をするのだそうだ。その間、ヴァイオレットは壁際に佇んでいるか、隣の部屋の休憩室にいるよう命じられていた。

確かに軽い疲れはあるのだが、腰を下ろすほどでもないので、再び壁の花となり会場内を見渡す。

大広間は今夜午後五時から深夜まで解放されており、招待客はいつ出入りしてもいいことになっている。すでに六時近くになっていたが、ようやく王宮に到着したばかりの、新たな招待客らが続々と入場していた。

その中に見覚えのある二人を見付け全身が強張る。

「お父様……」

だが、父のウォルターはヴァイオレットに気付かなかった。その眼差しは隣の後妻に注がれ、口はだらしなく開いている。たった半年で父親の威厳と貴族の品格が失われ、女に溺れる男のものになっているのに衝撃を受ける。

後妻はウォルターから貢がれたものだろう。豪華な耳飾り、首飾り、腕輪、指輪で全身を飾り立てていた。どの装飾品にも家一軒建つほどの、大粒のダイヤモンドがあしらわれている。

ラッセル伯爵家は古くからの資産家であり、フェイザーの貴族の中でも裕福な部類に入るが、それでも無限に金が湧き出てくるわけではない。ヴァイオレットは目に留められなかった悲しみよりも、ウォルターはまともな精神状態なのか、現在ラッセル家の財産はどうなっているのかが不安になった。

ひとまず気を取り直そうと、隣にある休憩室に向かう。

休憩室には壁際に椅子が置かれ、中央の長方形のテーブルの上には、小腹を満たせるよう一口サイズのサンドイッチやカナッペ、ローストビーフやサーモンのマリネ、デザートのフルーツやワインが置かれていた。

二十人ほどの招待客らが思い思いに食事を取り、腰を下ろして会話を楽しんでいる。

ヴァイオレットはサンドイッチを一口食べ、ワイングラスを手に窓辺に近寄った。

瑠璃色の夜空には満月が輝き、外に広がる庭園を照らし出している。

続いて何気なく目を落とし、庭園の薔薇の植え込みの近くに、見覚えのある小さな影が横切ったのに気付いてはっとした。

(今の猫、クリスタルじゃない?)

目を凝らすとやはりクリスタルである。赤いリボンが月光によく映えていた。

(外に出ちゃったの？　大変。すぐ捕まえなきゃ)

王宮の周囲には鉄柵が設けられているが猫なら抜け出せる。一旦、街に逃げ出してしまえば見つけるのは不可能に近い。

ヴァイオレットはワイングラスをテーブルに置き、慌てて部屋から飛び出し庭園へ向かった。

大広間での華やかさに比べ、庭園はひっそりと静まり返っていた。

とはいえ、誰もいないというわけではない。何人かの衛兵が定期的に警備のために周回しているし、時折王宮から抜け出した招待客らが、あちらこちらでひそひそ話し合っている。

(こんなに寒いのに、外で何をしているのかしら？)

クリスタルを探しながら噴水近くを通り過ぎる。その際、縁にぴったり寄り添って腰掛け、もぞもぞ動いていた二人の会話を耳にしてぎょっとした。

「あん……あん……ああ……人が来たわ」

「見せ付けてやればいいさ。どうせ同類だ」

「んもう、悪い人ね。奥様に叱られるわよ？」

「なぁに、あいつはあいつで若い男とよろしく踊っているさ。お互い様だ」

頭に血が上り、顔が熱くなるのを感じる。

ヴァイオレットも男女が二人でいて、一体何をするのかくらいは、本を読んで知っていた。だが、その本――聖書に書いてあったとおり、結婚した夫婦の間にのみ交わされるべき、神聖な行為だと信じていたので、思い掛けない事態に出くわし狼狽《うろた》えたのだ。

小走りに走り声の聞こえないところにまで遠ざかる。

「び、びっくりした……」

なんて不道徳なのかと憤《いきどお》るより、いきなり実際の行為を目にし、ヴァイオレットは羞恥心を吐き出そうと、大きく息を吐いて胸を押さえた。

「あっ、そうだ、クリスタルは……」

月明かりがあるうちに見つけなければならないと、目を凝らして辺りを見回す。

すると、天使の彫像が立っている近くに、三毛猫が座り込んでいるのを見つけた。

「クリスタル！」

クリスタルの耳がピクリと動く。ヴァイオレットに気付いたのか、振り返り「みゃあ」と嬉しそうに鳴いた。

「おいで……おいで」

誘い出すために持ち出した鶏肉を見せると、ピンと尻尾を立て、目を輝かせて近付いてくる。

ヴァイオレットはクリスタルが鶏肉を平らげたのち、そっと胸に抱き上げその背を撫でた。

「もう、心配したのよ、お転婆さん。さあ、一緒に帰りましょう」

クリスタルは思う存分外で遊んで満足したのか、逃げ出す気配はなくゴロゴロと喉を鳴らしている。

ヴァイオレットは胸を撫で下ろしつつ、クリスタルとともに元来た道を戻ろうとした。ところが途中、もう一つの天使の彫像の陰から、またもや男女の話し声がするのに気付き足を止める。

「こんなところでまずくないかしら？　衛兵もいるのに……」

「この城の衛兵は一度確認したところには戻らない。それに、男と女なら逢《あ》い引《び》きだと誤魔化せる。さあ、早速楽しもうじゃないか」

(何……楽しむってなんの話をしているの？)

首を傾げる間にマッチを擦る音がし、ヴァイオレットのもとにまで煙が漂ってくる。

その煙の臭いに違和感を覚えた。煙草《たばこ》にしては甘ったるく、頭がくらりとしたのである。

ヴァイオレットは本能的に不穏な気配を察し、すぐにその場から離れようとしたのだが、石畳の隙間に靴の踵《かかと》を引っかけ、危うく転びそうになった。

「きゃっ！」

「――誰だ⁉」

男性の小さく抑えた、だが鋭い声に戦《おのの》き、よろめきながらもなんとか逃れようと、必死になって足を動かす。後ろから追ってくる足音が聞こえ、恐怖にクリスタルをぎゅっと抱き締めた。

「待て！」

「……⁉」

逢い引きを見られただけの態度ではない。一体、あの男女は何を意味していたのだろう。

王宮に慌てて駆け込むと、扉の開け放たれていた部屋の一室に飛び込み、内側から鍵を掛けて息を潜める。胸の中のクリスタルがみゃあと鳴いたので、「お願い。静かにして」とその小さく温かい体を抱き締めた。

すると、クリスタルは言葉を理解したかのように、すぐに黙りじっとしていた。

足音が廊下を小走りに駆け抜ける音が聞こえる。

「ちょっと、見つけたの？」

「いいや、まだだ。だが、顔は見た。どこかで見たことがあるような……」

まさか目の前の部屋にヴァイオレットが隠れているとは思わなかったのだろう。だが、謎の二人が立ち去るまでは、一分、二分が一時間にも二時間にも感じた。

気配が消えたのを確認し、恐る恐る扉を開けて辺りを見回す。舞踏会会場からは離れているからか、人気はなく静まり返っていた。

（なんだったの……？）

何かまずいことをしていたのだろうかと首を傾げる。だが、人目を忍ぶ恋以外の想像ができなかった。

クリスタルを抱いてレナードの寝室に向かう。

クリスタルは扉を開けるなり、ヴァイオレットの腕の中から飛び降り、絨毯の上で毛繕いを始めた。その様子をしゃがみこんで見守りながら首を傾げる。

（あの甘い香りは何を燃やしたものなのかしら？）

香水でも煙草でも酒精でもない。もっと危険な香りがした。思考を中断されたのは、五分後に扉が数度叩かれ、レナードの従者のシリルがひょいと顔を覗かせたからだった。

「あっ、シリルさん」

「ああ、こんなところにいましたか。殿下がヴァイオレット様をお捜しです」

「すぐに参ります」

先ほどあった事件と逃走劇について、レナードに相談した方がいいのだろうかと迷う。

シリルに連れられ大広間に戻ると、サファイアブルーの眼差しがヴァイオレットを捉えた。

「ヴァイオレット、どこに行っていたんだい？」

「はい。クリスタルが逃げたので、連れ戻しにいったんです」

「そうだったのか。ありがとう。クリスタルは少々お転婆なんだ」

「あのう、殿下……」

「なんだい？」

さすがに大広間で相談するのは気が引ける。人目もあるので物騒な話題は躊躇われた。

「はい。ちょっと気になったことがあって……。今度の土曜日相談に乗っていただいてもよろしいでしょうか？」

「もちろん構わないよ」

レナードの優美な微笑みを目にし、時間はいくらでもあるのだから、急ぐことはないのだと自分に言い聞かせる。どうせたいした問題ではない。宮廷ではよくある話で、不倫現場を見られた身分ある既婚者が、口止めに来たのだろうと心の中で頷いた。

だが、それでもなぜか不安が拭い切れなかったので、やはり土曜日にレナードに相談しようと思ったのだが――

――舞踏会では社交界デビューできただけではなく、レナードと踊り夢のような一時を過ごせた。

ヴァイオレットはシャーロットに心から感謝していた。憧れの人のパートナーになれるとは思わなかったのだ。髪飾りよりもずっと嬉しい贈り物だった。

更に主人に尽くさなければならないと張り切り、早速翌日から侍女としての仕事を頑張っていた。

ところが、そんなヴァイオレットを付け狙う何者かが現れた。

ヴァイオレットがシャーロットに頼まれ、衣装室に帽子を取りに行った帰りでのことだった。階段を下りようとしていたのだが、何者かから突然背を押されたのだ。

「きゃあっ！」

バランスを崩し頭から転げ落ちそうになる。

（……っ！）

大怪我《おおけが》を覚悟し瞼をかたく閉じた次の瞬間、「ヴァイオレット、危ない！」と、偶然通り掛かったクレアと同僚の侍女二人が受け止めてくれた。

「ヴァイオレット、大丈夫⁉　足を滑らせたの⁉」

「え、ええ。ありがとう……。う、うん、多分……」

事を荒立てたくは無かったのでそう答えたものの、確かに背後から突き飛ばされたのだとぞっとする。ヴァイオレットは階上を見上げたが、そこに犯人の姿はすでに影も形もなかった。

「いけない。怪我をしているじゃない！　すぐに医務室に行きましょう！」

クレアに言われて気付いたのだが、右の靴が脱げ足をくじいている。とはいえ、軽い怪っとした。

我程度で済んだのでよかったのだが、一歩間違えば死んでいたのかもしれないと思うとぞ
（……私の背を押したのは誰なの？）

また、その二日後にシャーロットの付き添いとして、ともに公務で外出した際のことだ。公務は新設の孤児院の視察だった。

王宮の馬車は門前で待機していたのだが、シャーロットの帰宅が少々遅れることになった。そこでヴァイオレットは御者に連絡するため、一人外に出て馬車に近付いたのだが、直後に鋭い馬の嘶《いなな》きが聞こえて振り返った。

「えっ……」

目を血走らせた二頭の馬と目が合い立《た》ち竦《すく》む。だが、あわや轢《ひ》かれるというところで、恐怖で足がよろめいて歩道側に倒れ込み、危うく事なきを得た。

馬車は凄《すさ》まじい勢いで通り過ぎ、御者の顔も誰が乗っていたのかもわからなかった。とはいえ、こう何度も命の危機にさらされると、さすがに理由が気になる。しかし、何も心当たりはなく、怯《おび》えることしかできなかった。

さすがに一人では抱え切れずに、車に轢かれ掛けた翌日の土曜日、レナードに相談しようと、少々多めに時間を取ってもらった。

廊下を一人歩きながら、とにかく落ち着かなければ、狙われる理由を探し当てなければ

と自分に言い聞かせる。

（だけど、私が狙われる理由だなんて……）

ヴァイオレットの交友範囲はそう広くはない。主人のシャーロットにクレアをはじめとする侍女の同僚たち、手紙の一通も来ない父のウォルター、レナードくらいだ。王宮に出入りする貴族らで、顔見知りもいなくはないが、他愛ない会話を交わせるほどではない。

（駄目だわ。まったくわからない……）

足を止めて考え込んで数分後、どこからかミシミシと奇妙な音が聞こえるのと同時に、埃《ほこり》らしきものが頭にパラパラと降ってきた。

「きゃっ、何？」

埃を払い何気なく天井を見上げる。

廊下には等間隔にシャンデリアが設置されているのだが、ちょうどヴァイオレットの頭上にあるものが、バランスを崩して右に大きく傾いている。修理した方がいいのではないかと眉を顰めていると、いきなりシャンデリアが天井の一部を巻き込み、ヴァイオレットめがけて向かって落ちてきた。

「……っ‼」

ヴァイオレットにはシャンデリアの落下速度が、なぜか時を引き延ばしたようにゆっくりに見えた。

シャンデリアはガラス細工なので、重いだけではなく硬い。下敷きになれば大怪我で済めばよいが、打ち所が悪ければ死んでもおかしくはない。

だから、逃げなければと思うのに足が動かない。

その時、不意に「ヴァイオレット！」と名を呼ばれ、振り返る間もなく手首を鷲摑《わしづか》みにされた。

「あっ……」

レナードだと気付いた次の瞬間、広い胸に抱き寄せられ、そのまま二人で転がるように廊下に倒れ込む。直後に、耳をつんざく破壊音が鳴り響き、恐る恐るレナードの胸から顔を上げると、芸術品レベルのシャンデリアは無惨に壊れ、煌《きら》めくガラス片があちらこちらに散らばっていた。

レナードは胸の中のヴァイオレットの顔を覗き込んだ。

「危なかった……。ヴァイオレット、大丈夫だったかい？」

レナードは今まで何事にも時間を一分一秒違わず遅刻したことのなかったヴァイオレットが、珍しく約束の時間に三分遅れたので、心配になり迎えに来たのだそうだ。それが、ヴァイオレットを間一髪で助けることになった。

「は、はい、大丈夫です……」

レナードが庇ってくれたおかげで擦り傷一つない。もし自分一人だったらどうなってい

たか――ヴァイオレットはいつもの羞恥心も忘れ、レナードの広い胸に縋り付き、震える
ことしかできなかった。

尋常ではなく怯えるヴァイオレットを放っておけなかったのだろう。レナードはヴァイオレットを内密で寝室に連れて行き、窓辺の椅子を勧めて温かい茶を飲ませた。

カップを持つ手がまだ震えている――ヴァイオレットはなぜこんな目に遭うのかがわからず、恐ろしさから目の奥が熱くなるのを感じた。涙が一滴、二滴と茶の水面に落ちる。

「も、申し訳ございません。助けていただいたのに、ま、まだお礼を申し上げていませんでした」

「そんなことはどうでもいい。君が無事でよかった」

レナードは向かいの椅子に腰掛け、手を組んでヴァイオレットを見つめた。

「先ほどのシャンデリアだが、緊急で捜査させたところ、廊下の天井との接続部分が、何者かによって故意に緩められていた」

「えっ……」

「誰を狙ったのかまではまだ判明していないが、あの廊下は君がよく通るだろう」

「……」

やはり何者かに命を狙われているのだと確信し、ヴァイオレットは全身が一気に凍り付

く錯覚を覚えた。

（どうして……？　私、人に恨まれるようなことは……）

「ヴァイオレット、何か心当たりはないかい？　君はラッセル伯爵家から預かっている未婚の令嬢だ。大切な体だ。これ以上危険な目に遭わせるわけにはいかない」

「わ、わからないんです……」

テーブルにカップを置き、大きく首を横に振って「わからない」と繰り返す。

「一体どうして狙われるのか、わからない……」

「ヴァイオレット、落ち着きなさい」

レナードはテーブル越しにヴァイオレットの白い手を取り、大きな両手で優しく包み込んだ。温かかった。

「大丈夫。これからは私が君を守る。だから、いつからこんなことが起こるようになったのか、他におかしなことはなかったか、教えてくれないかい」

レナードの温かい手と低く艶やかな声が、ヴァイオレットの縮こまった心を溶かしていく。

「ぶ、舞踏会が終わってからです……」

やっとの思いで声を出した。

「そうか、舞踏会から……。舞踏会で私がいない間、何をしていたんだい？」

「休憩室に行って軽く食べて、窓からクリスタルを見つけて……」

男女が逢い引きをしていたことももちろん打ち明けた。その後、天使の彫像の陰でもう一組の男女が、何やら怪しげな話をしていたことも――

サファイアブルーの双眸がぎらりと光る。

「その男は確かに〝この城の衛兵は一度確認したところには戻らない。それに、男と女なら逢い引きだと誤魔化せる。さあ、早速楽しもうじゃないか〟と言っていたんだね？　その後煙が漂ってきて、甘い香りがしたと」

「は、はい……」

「誰なのかはわかるかい？」

「も、申し訳ございません。そこまでは……」

いくら月明かりがあったとは言え、二人の顔までは見えなかったし、舞踏会はもう一週間前のことなので、どんな声だったのかもおぼろげになっている。招待客の誰かには違いないのだろうが――

レナードは数分間珍しく眉根を寄せて考え込んでいたが、やがて真剣な眼差しをヴァイオレットに向けた。

「ヴァイオレット、関わってしまった以上、君に事情を説明しないわけにはいかないだろう。可能性はいくつかあるので断言まではできないが、その二人がやろうとしていたのは麻薬だと思う」

「えっ……ま、麻薬⁉」

突然の不穏な単語に背筋がぞくりと震える。

「ああ、そうだ。甘いようなその香りは、麻薬特有のものなんだ。この五、六年、フェイザー国内……特に都市部で蔓延《まんえん》している。貴族を中心とする富裕層で中毒患者になってしまい、麻薬を買うために全財産を売り払った者もいる」

「そ、そんな……」

当然、王家は軍隊を動員して厳しく取り締まっているのだが、きりがなくいたちごっこになっているのだとか。

「王宮に出入りする一部の貴族も、麻薬に気軽に手を出し、中毒になっている者がいる」

一端中毒になると禁断症状に陥り、自分の意志だけでは止められなくなる。麻薬を吸引しなければ発汗、吐き気、悪寒、発熱、不眠、脱水症状などが見られ、中毒者は苦しみから逃れようとして再び麻薬を求める。

「自分一人の人生だけではない。時には妻子や一族全体を巻き込んでしまうこともある。以前、大臣職の侯爵が辞任しただろう。中毒に陥り公務を果たせなくなったからだ。これ以上広まればフェイザーという、国一つの屋台骨が揺らぐことも有り得る」

予想以上の大事にヴァイオレットはぶるりと身を震わせた。

「み、密輸ルートはまだ判明していないんですか？」

「……ある程度はわかっている。だが、証拠がない。敵もそう簡単に突き止められては困るから、慎重になっているだろうしな」

「一体誰が――」

「――ディジョン王国だ」

フェイザーと数百年に亘《わた》り敵対関係だった、大陸西方の王国名が出てきたので、ヴァイオレットは目を見開く。双方の領海の中間にある島の領有権や、大陸内のフェイザーの領土を争ってきたのだ。

ただし、この数十年は条約を結んだこともあり、関係は比較的良好だったはずだった。

レナードはヴァイオレットを見つめながら説明を続ける。

「ディジョン王国は十五年前に穏健派の先代の国王が亡くなり、その弟がクーデターを起こして王太子を退け、代わって自分が即位して以来、どうも不穏な動きを取っている」

大陸の国家とフェイザー王国は国際協定で、麻薬の輸出入、及び使用をかたく禁じている。五十年ほど前、麻薬を巡ってある二国間で戦争となり、それが他国を巻き込んで大戦となった経緯があったからだ。

現在、どの国でも麻薬の密輸入や使用に手を染めた者には、厳罰と社会的制裁が下されるようになっている。

「ところが、フェイザーと同じく、この五、六年、ディジョンの周辺国では麻薬が蔓延している。ところが、中央のディジョンだけは麻薬に汚染されていない」

ヴァイオレットは恐怖も忘れてごくりと息を呑んだ。

「……辞任した大臣職の侯爵も、父の側近だったので事情を聞いたのだが、辞任の理由は禁断症状が激しく、公務を続けられない健康状態だったからだけではない。侯爵は麻薬に手を出したという弱みを握られ、何者かに脅迫されていた」

「脅迫……!?」

「ディジョンに有利な政策を取れ、とね。麻薬をやっていたなどと知られては、貴族であっても禁固刑となる。また、連座制で本人だけではなく、犯罪者を出した家の血縁からは、二度と公職に採用されることはなくなり、また、王宮の出入りへも禁じられる」

爵位こそ剝奪《はくだつ》されないが、貴族としては実質的に死んだようなものだ。血統の信用を損なった以上、領地の運営や事業の経営にも支障が出て、没落は避けられないからだ。

「貴族であればそうした事態は避けたいはずだ。特に、公職につく者やその親族は。そうした脅迫を受ければ、要求を呑んでしまうこともあるだろう。だが、侯爵には最後の理性があったらしくてね。父上に自首し、恐らくディジョンのスパイの仕業だろうと思うと打ち明けて、みずから公職を辞したのさ。今後裁判が開催され裁かれることになる」

ヴァイオレットは深刻な事態に絶句した。

「で、でも、私、そんな話を聞いたことはありません。麻薬なんて今初めて聞いて……」

「情報が表に出ないようにしているからね」

現在内密に捜査中であり、箝口令《かんこうれい》を敷いているのだそうだ。

「ただの不倫やその他の犯罪なら、君を殺して口封じするほどではない。だから、恐らく君が庭園で目撃したその二人は、麻薬を楽しんでいたところではないかと推理したのさ」

「で、でも、私、顔を見ていませんし、もう声も覚えていません」

「向こうはそう考えてはいないだろうな。なんとしても君を消さなければ、破滅が待っていると思い込んでいるのだろう」

「そんな……」

理不尽な事態に身を震わせる。

「――ヴァイオレット」

レナードはヴァイオレットの手を包み込む手に力を込めた。

「残念だが、君をこれ以上シャーロットの侍女にしておくことはできない」

「……」

そうせざるを得ない理由は、説明されなくとも理解できた。場合によってはシャーロットの身にも危険が及ぶのかも知れないのだから。

とはいえ、ヴァイオレットにはもはや王宮以外の居場所はない。故郷と王都のラッセル家の屋敷は、もはや父と後妻の愛の巣となっており、自分が入り込む余地などない。

父方の親族とはほとんど顔を合わせておらず、疎遠になっており頼ることなどできないし、母方の親族はほとんど死に絶えている。

侍女の職を辞してどこへ行けばいいのかがわからなかった。

母から逸れた迷子のように視線を彷徨《さまよ》わせ、途方に暮れるヴァイオレットを哀れに思ったのだろうか。レナードが「君が王宮を出て行く必要はない」と言ってくれた。

「で、ですが、このままではシャーロット様だけではなく、皆様にご迷惑をお掛けしてしまい――」

「君を追い出したとシャーロットに知られれば、たとえ私が兄でも王太子でも嫌われてしまうよ。同僚の侍女達《たち》もそうだろう。皆、この半年の君の頑張りを見てきたんだ。それに、私も君を失いたくはない」

「えっ……」

サファイアブルーの瞳がヴァイオレットを捉える。

こんな時であるにもかかわらず、ヴァイオレットは心臓が早鐘を打つのを感じた。

「ヴァイオレット、私は君を守る義務があるし、守りたい」

「殿下……」

「そこで、提案だ」

レナードは深刻そうな目付きを一変させ、悪戯《いたずら》っ子のように目を輝かせた。

「私の婚約者になってくれないか？」

「えっ……？」

一瞬、聞き間違いかと思った。

「ヴァイオレット、これが一番合理的なんだ。私の婚約者を演じてほしい」

突然レナードに「婚約者を演じてくれ」と頼まれ、ヴァイオレットの脳内は「なぜ」で一杯になった。自分が命を狙われていることと、偽物の婚約者となることが、まったく結びつかなかったからだ。

「実は今、ディジョンから縁談が持ち込まれているんだ」

レナードはそう説明した。

「えっ……縁談？　殿下にですか？」

縁談と聞いて心臓がドキリとなった。

レナードはもう二十四歳なのだ。むしろ、王族としては妃がいない方がおかしい年だ。

「ああ、そうだ。現国王には現在十七歳の王女がいてね。彼女をぜひ王太子妃にという話があった」

ディジョンの現国王が即位して以来、何度断っても話が持ち込まれたのだという。

「ただし、父上も、母上も、私もこの縁談を受けるつもりはない。現在のディジョンはあまりにきな臭すぎ、麻薬に汚染されている同盟国との信頼が揺らぎかねないからだ」

そこで、これ以上縁談の話を繰り返されないよう、婚約者を早急に立てようということになったのだそうだ。

「私の婚約者になれば君を狙った犯人も、そう簡単に手出しはできなくなる。公然と護衛も付けられるし、警備の予算も取れる」

ヴァイオレットは目を白黒させながらも、「で、ですが……」と弱々しい声で意見を述べた。

「私は、伯爵家出身に過ぎません。とても他国の王女様の縁談を断るだけの理由になれるとは……」

「もちろん、君には相応の身分となってもらう」

「えっ……？」

ヴァイオレットはこの時にはまだ、権力というものの恐ろしさを知らなかった。

「相応の身分と申しますと……？」

「君の亡くなった母上はグラース公国の大公家の血を引いているそうだね」

「は、はい。ただ、もう何代も前の話で……」

「十分だ。先ほど大公家に密使を出した。血の繋がりのある君を、大公家の養女にしてほしいとね。恐らく大公家は話を受けるだろう。これで君も立派な姫君だ」

フェイザー王国とグラース公国は同盟国ではあるが、その国力はフェイザーが圧倒している。レナードに圧力を掛けられれば、要求を呑むしかないだろう。

「ヴァイオレット、大公家にも大いにメリットがあるのさ。フェイザーの王家に恩を売れるからね。養女とは言え大公家から将来の王太子妃を出したことにもなる」

「で、ですが……」

レナードはあくまで「婚約者を演じてほしい」と言っていた。

「ああ、そうだ。あくまで君のみの安全が保証されるまでの演技だ。君も私と結婚したいなどとは思ってはいないだろう？」

「……っ」

さすがに言葉に詰まった。

確かにレナードにほのかな恋心は抱いているが、王太子妃になりたいかと問われれば、首を横に振るしかない。

この半年間である程度の令嬢としての立ち振る舞いは身に着けたが、にわか仕立てに過ぎず、まだ内気で世間知らずであり、レナードの伴侶に相応しいとは思えないからだ。迷惑を掛けるとしか思えなかった。

「もちろん、途中で適当な理由を付けて破棄する。君の名誉や経歴に傷を付けるつもりはないし、お父上にも十分な保障をするつもりだ」

レナードに非難が集まる形で婚約破棄し、その後ヴァイオレットに似合いの国内の男性を見繕い、婚約させてやろうとのことだった。確かに、王家の頼みを断れる者はいないだろう。

「この事件を解決し、王宮から麻薬が一掃されるまでの我慢だ。ヴァイオレット、引き受けてくれるね？」

頷く以外に何ができただろうか。

こうしてヴァイオレットはレナードの偽婚約者となったのだ。

第三章　王太子殿下のニセ婚約者

翌日からヴァイオレットの生活はがらりと変わった。

まず、侍女の部屋から代々の王太子妃のそれへと引っ越しさせられた。フェイザーの王族の婚約者は、一ヶ月以上前に王宮に入るのが慣例となっているからだ。

レナードみずから案内され、王太子妃の寝室へ一歩足を踏み入れた途端、ヴァイオレットはその部屋が自分好みに整えられているのに驚いた。

四方の壁には可愛らしい色とりどりの花束の模様が織り込まれたタペストリーが掛けられ、天蓋付きのベッドのキルトや枕、長椅子、すべての調度品が同じ柄で統一されている。

テーブルの上の花瓶には、タペストリーの花束の組み合わせと同じ、何本もの花が生けられていた。

「わあ、可愛い……」

感動して思わず声を上げる。

「気に入ってくれたかい？」

「はい、もちろんです。私、この部屋がとっても好きです！」

ヴァイオレットの言葉にサファイアブルーの目が細められる。

「よかった。君は豪華なものよりも、こうした可愛いものが好きだと思ってね」

寝室だけではない。ドレスや宝飾品、靴や小物に至るまで、すべて新しく誂《あつら》えたのだと告げられ、ヴァイオレットは何もそこまでしなくてもと申し訳なくなった。

「慣れるまでに少々時間が掛かるかもしれないが、私にできることはすべてやるので、なんでも遠慮なく言ってくれ」

「そんな。これ以上何もいただけません」

レナードはヴァイオレットの髪に手を埋め、形のいい薄い唇の端に笑みを浮かべた。

「ヴァイオレット、君は欲がないね。私としてはもう少し我が儘を言ってほしいくらいなんだが……」

その微笑みと台詞《せりふ》に心臓がドキリとして、慌てて目を逸らして足元を見つめる。

（殿下は偽物でも婚約者になったから気を遣ってくださるだけよ。それに、殿下は私にだけじゃないわ。誰にでも優しい方だもの）

そう自分に言い聞かせるものの心臓の高鳴りは止められない。

だが、背後に何者かの気配を感じ、振り返って息を呑んだことで動悸《どうき》が止まった。

五人もの二十歳前後の美女が、いつの間にかずらりと立ち並んでいたからだ。うち一人がにっこり笑って前に進み出る。

「ヴァイオレット様ですね？　初めてお目に掛かります。私は今後あなたのお世話をさせていただく侍女のアデレイドと申します」

アデレイドはヴァイオレットの侍女のリーダーであると語った。

「じ、侍女？」

レナードは笑いながらヴァイオレットの肩を抱いた。

「そうだ。君の侍女だ」

体に触れられヴァイオレットはまたドキリとしたのだが、そうだ、婚約者の振りをしなければならないのだと動揺を押し殺す。とはいえ、ダンス以外で体に触れられるのは初めてので、どうにも意識せずにはいられなかった。

「彼女たちはただの侍女ではない。特別な訓練を受けた護衛でもある」

なんと、アデレイドをはじめとして皆貴族出身ではなく、皆代々王家の護衛を担ってきた、とある一族の女性なのだそうだ。

「その辺の男よりよほど強い。だから、君は安心して暮らしていればいい」

「わ、わかりました……」

今までシャーロットの世話をしてきたのに、世話される立場になったので少々居心地が悪い。だが、王太子の婚約者なら当然なのだと姿勢を正した。

「皆さん、これからよろしくお願いします」

アデレイドはなぜか目を瞬かせたが、間もなく笑顔でドレスの裾を摘まんだ。

「ええ、こちらこそよろしくお願いします。ヴァイオレット様」

——翌日からヴァイオレットはそれまで自分でこなしてきた食事の準備、着替え、化粧のすべてを侍女らに世話されることになった。

まず、目が覚めると呼び鈴を鳴らし、侍女を呼ばなければならない。

間もなく侍女が洗面器を載せた台車とともにやってきた。

「ヴァイオレット様、おはようございます。洗顔のお湯と石鹸《せっけん》をお持ちいたしました」

「さあ、洗顔のあとは御髪を整えましょうね」

洗顔を済ませると鏡台の前に座らされ、髪を梳かれ結い上げられる。

「まあ、なんてお美しい髪なのでしょう。艶やかで、ヴァイオレット様の心根のようですわ」

歯の浮くようなお世辞にゾクゾクとしつつも、ヴァイオレットは侍女らに身を任せるしかなかった。

(仕方がないわ。それに、殿下のお役に立てるのなら……)

遠くから憧れるだけの恋だと諦めていたのだ。仮初めであってもそばにいられ、レナードのためにできることがあるのが嬉しかった。

（どうせもう家には戻れないのだし……）

ヴァイオレットとの婚約を真実らしく見せるために、レナードはウォルターのもとに正式な求婚の使いを出した。ウォルターは求婚だけではなく、ヴァイオレットを手放し、養女にやることとすら二つ返事で了承したのだという。

その後王宮に父から祝いの品と手紙が届いたが、手紙には「国と家の恥にならないように」とだけ書かれていた。

まだ心のどこかで「おめでとう」、と祝福されたいと思っていたのか、傷付きはしたが以前ほどの痛みではなくなっていた。それがまた悲しかった。

「さあ、ヴァイオレット様、お化粧が仕上がりましたよ。次はドレスですね」

侍女が腕に掛けて持ってきたドレスは、瞳と同じすみれ色のドレスで、ところどころに金糸で舞い遊ぶ蝶の刺繍が施されていた。

「綺麗……。」

「実はこのドレス、殿下がお選びになったのですよ」

「えっ……」

侍女は微笑みながらヴァイオレットの寝間着を脱がせた。

「ヴァイオレット様にきっと似合うとおっしゃっておりました」

「そうなの、殿下が……」

レナードがドレスを選んでくれた――たったそれだけのことなのに嬉しくなる。

ウキウキしながらドレスを着終え、化粧を施してもらい、さあ、次はなんだと身構える。

「この後は何をすればいいのでしょうか？」

侍女の一人が今日の予定を丁寧に説明してくれた。

「今後ヴァイオレット様には殿下の婚約者として、舞踏会や晩餐会、その他の行事に出席していただきます」

「ええっ」

偽婚約者なのに大々的に顔を広めていいのだろうかと戸惑う。

（それでは婚約破棄をしにくくなるのではないかしら……？）

とはいえ、この件についてヴァイオレットに決定権はない。「わかりました」と頷くしかなかった。

侍女が笑顔で言葉を続ける。

「王太子妃殿下の婚約者ともなると、美しさや優雅並みのこなし、マナーだけでは不十分です。隣に立つに相応しい教養と知識がなければ」

「と言いますと？」

「社交術にはじまり、国史だけではなく世界史に地理、語学、声楽、ダンスも初心者では済まされません。ですから、ヴァイオレット様には午前九時から午後三時まではそれぞれ講師に指導していただきます」

確かに、たとえ偽物の婚約者であっても、自分の評判はレナードの評判に直結するのだ。レナードに恥を掻かせてはならなかった。

ヴァイオレットは決意を胸に侍女の目を見据えた。

「わかりました。まずはどの授業からですか？」


ヴァイオレットは人一倍熱心な生徒となった。一度間違えれば次は二度としないように、また、時間があれば授業の内容を復習した。

実家では読書が唯一の趣味であり、もともと雑学の知識はあったので、国史、世界史、地理、語学にはさほど苦労しなかった。地理については講師が「教えることがない」と嘆いたほどである。

声楽も素質があったのか、歌唱力には太鼓判を押され、ダンスはすでにレナードに教えられていたので問題なかった。

王太子の婚約者へのお世辞なのだとは思うが、講師らは一人を除いて、「さすがは殿下の選んだ女性だ」と、ヴァイオレットを褒《ほ》め称《たた》えた。

だが、社交術だけはそういうわけにはいかなかった。

――父のウォルターに疎まれて育ち、十七歳になるまでは同世代との付き合いすらなかったのだ。侍女となって多少世慣れてきはしたものの、ヴァイオレットはいまだに内気な性格である。

以前の侍女仲間たちのように、時間を掛けて信頼関係を構築し、仲良くなった相手ならいい。

だが、王太子の婚約者ともなれば、初対面の国内外の王侯貴族と会話し、機知に富んだ受け答えをしなければならない。

これだけは講師の授業のみで身に着けられるものではなく、ヴァイオレットは舞踏会や晩餐会のたびにおのれの不甲斐《ふがい》なさを痛感することになった。

——その夜、ヴァイオレットはレナードに頼まれ、亡き王妃の友人の前公爵夫人が主催の、王都の屋敷での晩餐に参加していた。

夫人には何人か娘がおり、皆目を見張るほど美しい。中でもとりわけ華やかな一人は、明らかにレナードに好意を抱いていた。

「シェリル嬢はいくつになったのですか？　随分と美しくなりましたね」

シェリルが媚《こ》びを含んだ目でレナードを見上げる。

「十七歳ですわ、殿下。もう大人です」

夫人は畳んだ扇を口元に当て、やれやれと首を振った。

「殿下、この子ったらどんな縁談を持ち込んでも、会おうともしないのですよ。このままでは行き遅れてしまいますわ。長男もこの子を心配して、友人を何人も紹介しているのですが……」

「だって、殿下ほど素敵な殿方でなければ、お嫁に行かない方がマシだもの」

レナードに向けられたシェリルの眼差しには、恋をする者だけの持つ熱が籠もっている。

（無事事件が解決して、お芝居が終わって、殿下と婚約破棄をすることになったら……）

公爵家令嬢の身分であれば、王太子の新たな婚約者となるのになんの問題もない。また、人目を引くシェリルであれば、レナードの隣に立っても見劣りしないだろう。

ヴァイオレットは内気な性格が表に出て、自分が物静かな雰囲気であるのを知っていた。物静かと言えば聞こえはいいが、悪く取れば暗くてつまらない。

対して、シェリルや同僚のクレア、シャーロットらは皆華やかで明るく、社交に長《た》けている。自分は見栄えがしないのではないか、レナードに迷惑を掛けていないかと不安だった。

（シェリル様だったら……きっと私よりずっとうまくやれる）

夫人が「こら」と娘を叱り付ける。

「殿下はもうヴァイオレット様と婚約されたのだから、そろそろあなたも地に足を着けなさい。もう、殿下、どうかこの子の目を覚ましてやってくださいな」

「でも、お母様……」

レナードはシェリルが反論する前に、「若い令嬢にはよくあることです」と微笑んだ。

「一時の熱でいずれ現実を思い知りますよ。私も十代の頃には年上の未亡人の美女に憧れましたから」

「あら、年上の未亡人ってどなたなのかしら?」

「もちろんあなたですよ、夫人。実は今でもその美しさに心臓が早鐘を打っております。ですが、亡夫殿をまだ愛されていると聞き、叶わないと諦めざるを得ませんでした」

「まあ、殿下ったらお上手ですね。一瞬ときめいてしまいましたわ」

好意をさり気なくかわし、母とともに軽やかに笑うレナードを、シェリルは悔しそうに見つめている。やがて、その目が不意に自分に向けられたので、ヴァイオレットはドキリとした。シェリルの勝ち気そうな瞳には、「どうしてあなたなのよ」と書いてあった。

確かに言いたくもなるだろうと思う。

現在はグラース大公の養女となっているが、元は王太子とは釣り合わない、地方の伯爵家出身に過ぎない上に、社交の場でも気の利いた会話ができず、こうしてレナードの隣で黙り込んでいるしかないのだから。

胸が切なさにズキリと痛む。

(……せめて殿下の隣に立っても、どうしてあなたなのよと言われないような、そんなレディになりたい)

レナードもヴァイオレットの臆病さに、思うところがないはずがないが、決して咎めようとはしないし何も言わない。だからこそ一層惨めな気分になるのだった。


晩餐会は盛り上がったのもあって、予定の時間から少々遅れて終わった。

その後ヴァイオレットはレナードに送られて寝室へ戻り、アデレイドともう一人の侍女に手伝われ、ドレスを脱ぎコルセットを外し寝間着に着替えた。

ヴァイオレットの表情があまりに沈んでいたからだろう。アデレイドは心配したのかもう一人の侍女を部屋から出し、「何かあったのですか？」と俯《うつむ》くヴァイオレットに尋ねた。

「ううん、何かあったわけじゃないんです。何もできなかったから情けなくなってしまって……」

アデレイドは十九歳の女性だが、すでにヴァイオレットにはない大人の女性の雰囲気がある。だからなのか、姉に話すような気持ちで本音を漏らしてしまった。

「クレアやアデレイドさんみたいに、打ち解けたあとならいい。でも、初対面の方にはどう思われているのかが怖くて、なかなか上手に話ができないんです」

「そうだったのですか……」

アデレイドは長椅子にヴァイオレットを座らせ、その近くに跪《ひざまず》き両手を取った。

「初めは見知らぬ人物に声を掛けるのは、崖から飛び降りるほどの勇気が必要でしょう。

ですが、一度飛び降りてしまえば、その高さがたいしたものではないと、すぐにおわかりになるはず。あとはひたすら練習ですよ」

「……そうなんですか？」

「ええ、そうです。ヴァイオレット様、私が貴族ではないのはご存知ですね？」

アデレイドは今回が初任務なのだそうだ。

「ですから、王太子殿下のご婚約者の護衛になれと命じられた時には、一体どんな方なのかとそれは緊張しました。私はみっともなくはないか、侍女らしく見えるかと不安で、不安で……」

「アデレイドさんが……？」

ヴァイオレットには初対面から堂々としていたように見えた。

アデレイドは微笑みながら言葉を続けた。

「堂々として見えたのならよかったです。あれははったりだったのですよ。そこに、ヴァイオレット様が気軽に挨拶をしてくださったので、一気に緊張が解けてほっとしたんです」

ヴァイオレットだけではない、皆そうなのだと頷く。

「あんな風に声を掛ければいいのですよ。気の利いた会話よりも、皆さんそちらを望んでいると思います」

実体験が伴っているからだろうか。アデレイドの言葉には説得力があった。

以降、ヴァイオレットは崖から飛び降りる心境で、なるべく自分から声を掛けるようになった。すると、意外にも皆喜んでくれる。

もちろん時折失敗することもあり、その度に死ぬほど恥ずかしい思いをしたが、だからといって逃げてしまえば成長はない。陰気なヴァイオレットのままでいいはずがないと、再び顔を上げて震えながら、それでも勇気を振り絞って挑戦した。

そうして繰り返し挑む間に次第に人間そのものに慣れ、恐ろしいと思うことがなくなってきた。同時に、皆初めは自分と同じ社交の初心者であり、また、場慣れしていても失敗はあり、互いに以心伝心で許し合って、人間関係のバランスを取っているのだとわかってきた。

（皆、手探りで頑張っているんだわ。だったら、私だってきっとできるわ）

◇◆◇◆◇

レナードの偽婚約者となって三ヶ月が過ぎた。

何人もの護衛が付き、厳重な警備が敷かれているからか、命を狙われる気配はない。あるいは隙をうかがっているのか――

いずれにせよ、ヴァイオレットはもうじき誕生日を迎える。王宮で、王太子の婚約者として十八歳になるなど、以前は想像もしていなかった状況だった。

いよいよ一週間後が誕生日だという朝、レナードはヴァイオレットの寝室を訪ね、「お祝いをしなければならないね」と笑った。

今日の午後、レナードは公務の一環として、王都に次ぐ大都市に向かう予定である。王家の援助で新たな大教会が建てられ、その開会式に招待されたのだ。

本来は婚約者のヴァイオレットも同行しなければならないのだが、命を狙われていることもあり、遠出は理由をつけて欠席することになっている。

レナードは微笑んで手を伸ばすと、ヴァイオレットの髪を優しく撫でてくれた。

「君には大役を任せているんだ。何かお礼をしないといけないからね」

ヴァイオレットは慌てて首を横に振った。

「そ、そんな滅相もございません」

「父上も、シャーロットも、君に何か贈り物をしたいと言っている。もちろん、私もだ。君はよく頑張ってくれているからね。ヴァイオレット、何かほしいものはあるかい?」

「ものはもうそんなにいらなくて……」

代わりに、たった一つだけしてほしいことがあった。恐れ多いと思いつつもおずおずと口を開く。

「お誕生日の日、おめでとうっておっしゃってくださいませんか？　あっ、あと、花束がほしいです」

レナードは誕生日の前日までには帰宅するはずだった。なら、その言葉も誕生日に間に合うだろう。

レナードは意外だったのか、目をかすかに見開いてヴァイオレットを見下ろしている。

「……？　それだけでいいのかい？」

「はい、それだけでいいんです。ドレスも、アクセサリーも、お化粧品も、もうたくさんいただいていますし……」

むしろ、レナードからのその言葉こそがほしかった。花はおまけに過ぎなかった。

「誕生日おめでとう」とは「生まれてきてくれてありがとう」と同じ意味があるとヴァイオレットは思う。そして、ヴァイオレットは一度として父親からその言葉を掛けられたことがなかった。

だから、レナードに「誕生日おめでとう」と祝ってほしかったのだ
やがて、何か悟るものがあったのだろうか。レナードは「……わかった」と頷いた。

「必ず君の誕生日までには帰るよ。腕一杯の花束を渡して、何度も誕生日おめでとうと言おう。それからあとはケーキに、ワインに、ローストビーフに……なんでもいい。君の好きなものを用意して一緒に食べようか」

「……はい！」

誕生日を祝ってもらえるだけではなく、レナードとともにご馳走《ちそう》をいただけるなど、これほど楽しみなことはない。

ラッセル領の屋敷で暮らしていた頃は、誕生日は毎年いつもと変わらない日常でしかなかった。母のアデルは誕生日ごとにレイに譲った指輪や、刺繍を施したハンカチ、寝間着などを贈ってくれたが、彼女が亡くなるとその習慣もなくなった。

父にとっては自分の誕生は、母の死を導いたものに過ぎないのだろうと思うとひどく悲しく、誕生日の夜には一人ベッドの中で枕を抱き締めていた。

「楽しみにしていますね」

ヴァイオレットは笑顔を浮かべてレナードを見上げた。

今年の誕生日はきっと一番幸福な気分になれるだろう――ところが、その期待は季節外れの嵐によって打ち砕かれることになった。

フェイザーの三月の上旬は気温がまだ低く、雨がパラパラと降ることが多い。とはいえ、それほど激しいものではなかったのだが、レナードが帰宅するその日に限って、雨交じりの嵐になってしまった。

ヴァイオレットは本を読みながら、時折窓の外に目を向けた。

強風により雨が弾丸となって窓のガラス戸を叩く。この分ではレナードも帰れないだろう。道がぬかるんで馬車が走れないからだ。この時期の嵐は珍しいが、起きた場合数日間は続くと言われている。

誕生日にレナードと会えないのは残念だったが、誕生日を祝うより無事に帰ってきてくれる方がずっとよかった。

暖炉に火は点いているものの、どこか肌寒いのと同時に、寂しさを覚える。

国王も、シャーロットも、クレアも皆、「誕生日おめでとう」と祝ってくれた。立場以上の幸福をもらっていると思う。だが、やはり一番ほしいのはレナードからの言葉だった。

細工の施された置き時計が十一時四十五分を指し示す。

(これ以上待っていても仕方がないわ)

もう寝ようと暖炉の火を消し、ベッドに横たわった直後のことだった。

部屋の扉が小さく二度叩かれる。

初めはてっきり侍女がやってきたのかと思った。

「だあれ？　アデレイドさん？」

「――ヴァイオレット？」

心臓が大きく跳ね上がる。

「……殿下？」

レナードは今日途中の街で足止めを食らっているはずだ。なのに、なぜ聞き間違えるはずもないその声が、自分の名を呼ぶのだろう。

ヴァイオレットは扉に駆け寄り、恐る恐る取っ手を引いた。

まず、かすかに濡《ぬ》れた金髪が目に入った。

レナードは暖炉の上に置き時計に目を向け、「よかった」と笑みを浮かべた。

「なんとか君の誕生日に間に合ったみたいだ」

「あ、あの、殿下、今日は帰れないんじゃ……」

「ああ、隣町で足止めを食らっていたんだが、一時間ほど風が穏やかになっていた時間があっただろう。それで馬を飛ばしてきた」

レナードは背の後ろに隠し待っていた薔薇の花束を、微笑みを浮かべてヴァイオレットに手渡した。

「ヴァイオレット、十七歳の誕生日おめでとう」

ヴァイオレットの大好きなヒースと同じ、淡紫の可愛らしい薔薇だった。腕に抱えきれないほどある。

「君はヒースの色が大好きだと言っていただろう？　あいにく、ヒースはなかったから、同じ色の薔薇にしてみたんだ」

（……？　私、殿下に好きな色を教えたことはあったかしら？）

一瞬、首を傾げたものの、その疑問も喜びに掻き消えてしまう。

レナードは今日のうちに「誕生日おめでとう」と告げるために、この薔薇を贈るために、何より約束を守るために、――見事な金髪をこうして濡らしてまで、馬を飛ばして来てくれたのだ。

薔薇よりも何よりもその気持ちが嬉しかった。

「あ、ありがとう、ござい、ます……」

幸福で胸が一杯になり目の奥から熱い何かが込み上げてくる。生まれてきてよかったと、十八年で初めて思えた。

「う、嬉しいです。本当に嬉しい……」

薔薇の高雅な香りを胸一杯に吸い込みながら、この時ヴァイオレットは「レイさんを思い起こさせる人」だからではなく、レナード自身に恋に落ちてしまったのだ。

(これからもこの人のために頑張りたい……。そのためだったらなんだってするわ)

そして、心の中で一層努力しようと誓ったのだった。

ヴァイオレットの誕生日から間もなく、国王主催で海外の大使のみを集めた、小規模の舞踏会が開催された。

やはりレナードとともに出席することになったのだが、そこでヴァイオレットは意外な評価を受けることになった。

各国の大使はそれぞれの民族の正装を身に纏っていた。西側諸国はフェイザーと変わらないが、色鮮やかな詰め襟のローブの上にロングベストを身に纏い、頭に小さな帽子を被った若い男性もいる。男性は砂漠の宗教を信仰する東方の帝国、エルディネの大使なのだという。

夫婦揃っての駐在もあれば、独身もありとさまざまだった。

皆、大使だけあってフェイザー語が堪能であり、母国語かと目を見張るほど流ちょうだったので、幸い、言葉が通じない事態にはならなかったのだが——

エルディネの大使と話していた時のことだった。

この男性・ファリムはまだ二十三歳なのだという。身分は低かったのだが神童と名高く、十代の頃に能力を皇帝《こうてい》に買われ、トントン拍子に出世して、地位の高い大使となったのだとか。

「西方の国々との交流は、今後の我が国の発展に欠かせません。特にフェイザーは要の国です」

「我が国をそこまで買っていただきありがたい」

ファリムはまだ若いこともあり独り身なのだそうだ。

「早く結婚しろと急《せ》かされているのですが、なかなかこれという女性と出会っておらず……」

エルディネは裕福な男性であれば、一夫多妻制を認めている国だ。皇帝も何人もの妻を娶っている。

だが、ファリムはエルディネ人ではあるが、その習慣にどうも馴染まないと苦笑した。

「実家の両親の仲が良かったからでしょうか。父は、母以外の女に見向きもしませんでした。ところが先日、融通が利かないと皇帝陛下にも叱られてしまいまして、本気の女が見付かるまでに適当に側女を娶ればよかろうと……」

「古今東西、伴侶についての悩みはそう変わらないようですね」

ファリムは苦笑しつつヴァイオレットに目を向けた。

「違いない。レナード殿下はすでにお美しい伴侶を見つけられ、羨ましい限りです」

「何、いずれファリム殿にも見つかりますよ。運命の女性とは意外なところで出会うものです」

「ほう、意外とは、殿下はどこでヴァイオレット様と出会われたのですか？」

ファリムが興味深そうに話を振った直後、宮廷楽団らがワルツから異国の舞踊曲へと曲を変えた。独特のリズムとテンポの良さに皆、会話を止めて耳を澄ませている。

『これは……ゼイベクではないか』

ファリムがエルディネ語でそう呟いた。懐かしいメロディを聞きつい母国語になったのだろうか。

差し出がましいかと思ったが、ヴァイオレットはエルディネ語でおずおずと説明した。

『今夜の趣向なのです。皆様の母国の民族舞踊を演奏しようということになっています』

ファリムの目が大きく見開かれた。

『ヴァイオレット様、あなたはエルディネ語が話せるのですか？』

『はい、独学なのでこの通り発音も怪しいですし、日常会話程度ですが……』

ラッセル伯領に軟禁されて暮らしていた頃にも、読書だけは許可されていたので、暇に任せて本を読み漁《あさ》っていたのだ。父の好みに合ったものしかなかったのだが、その中にエルディネ語の教科書もあった。

語学教師からは大陸で広く話されているロストック語や、ディジョン語を習っていたが、このエルディネ語だけは独学で身に着けたものだった。

『では、誰にも習わずに本だけで……？　いや、素晴らしい。何より、この国に来て二年になりますが、自分以外が話す母国語を聞いたのは初めてです』

『ファイザーとエルディネの国交が樹立したのは最近ですからね』

「――ヴァイオレット」

話が盛り上がりかけたところで、レナードが口を挟んだ。

「君がエルディネ語を話せたとは知らなかった」

ファリムが「ああ、大変失礼いたしました」と、興奮に目を輝かせたまま謝罪の言葉を述べた。言語をエルディィネ語からファイザー語に戻す。

「独学で学ばれたそうですよ。この国でエルディィネ語を話す令嬢とは初めてお会いしました。お美しいだけではなく、知的なご婚約者で誠に羨ましい」

ファリムの賛美には感動が入り交じっており、お世辞ではないと感じ取れたので、ヴァイオレットは嬉しくて堪らなかった。

（私、殿下のお役に立てたかしら？）

そっと隣のレナードの横顔を見上げる。

レナードの白石の美貌には、慣れ親しんだ優美な微笑みが浮かんでいた。だが、いつもならすぐに褒めてくれそうなのに、なぜかその時だけはヴァイオレットの方にちらりとも目を向けようとしなかったのだ。

エルディィネの民族舞踊曲の演奏の終わりが合図となり、ヴァイオレットたちは挨拶を交わしてファリムと別れた。

「それではファリム殿、ゆっくり舞踏会をお楽しみください」

「はい、ありがとうございます。ああ、そうだ。ヴァイオレット殿」

不意に呼び止められ振り返る。

ファリムはなぜかファイザー語ではなくエルディィネ語に切り替えた。

『次回の晩餐会には出席されるのですか？』

『まだ決まっていないのですが……』

『そうですか。またお会いできましたら、ぜひ懐かしいエルディネ語をお聞かせいただければありがたい』

こんな拙い語学力で喜んでくれるのならお安いご用だと、ヴァイオレットははにかんだ笑みを浮かべて頷いた。

『はい、その際にはぜひよろしくお願いします』

「ヴァイオレット、今ファリム殿と何を話していたんだい？」

「はい。またお会いできたらお話ししましょうって」

「……そうか」

一瞬、レナードの周囲の温度が数度下がった気がした。よく見ると唇は笑って弧を描いているが、サファイアブルーの双眸にはまったく表情がなく、ぞくりとするほど冷たくなっている。

（……？　怒っている？　どうして？）

今日の舞踏会ではダンスも会話も失敗していなかったはずだ。なぜレナードが機嫌を損ねるのかがわからなかった。

翌日、翌々日、更に三日後となってもレナードの目は冷ややかなままだった。

もちろん、態度に出すわけではない。ヴァイオレットには変わらず優しく接してくれる。だが、十七歳まで常に父のウォルターの顔色を窺い、怒られないように、存在感を消すようにと生きてきたヴァイオレットには、レナードが自分に不満があるのだと雰囲気で理解できてしまった。

（私、何をしてしまったのかしら？　思い出さなくちゃ……。殿下にだけは嫌われたくはない）

必死になって記憶を探ったものの、やはり心当たりがなく途方に暮れる。直に聞き出すべきかと悩んだが、あの冷ややかな眼差しを向けられてしまえば、二度と立ち直れる気がしなかった。

また、間の悪いことにレナードは再び公務で地方に出掛け、今度は一週間以上会えなくなってしまった。

レナードが王宮に戻るその夜、ヴァイオレットは寝室の長椅子に腰掛け、クリスタルの相手していた。

近頃、クリスタルはたびたびレナードの寝室を脱走し、ヴァイオレットの部屋に遊びに来る。心が癒やされるのでありがたかったが、今日ばかりはクリスタルの温もりでも元気が出ない。

どれだけ考えてもレナードに嫌われた理由がわからないからだ。袋小路に入り込んでしまい、不安と焦燥に心の中で立ち尽くすしかなかった。

（でも、絶対に私が悪いんだわ。お父様と暮らしていた時だって、ずっとそうだったもの）

ますます落ち込んでしまい涙が込み上げてくる。

磨いた水晶にも似た澄んだ一滴がクリスタルの背に落ち、毛を濡らされたクリスタルが「みゃあ」と鳴いてヴァイオレットを見上げた。大きな水色の瞳が「どうしたの？」と尋ねている。

「ふふっ、ありがとう。クリスタルは優しい子ね」

ふと、クリスタルたちが羨ましいと思う。

レナードに甘えたい時に甘え、遊びたい時に遊んでとねだり、食べたい時に食べたいと訴えても、愛情は涸れるどころかますます増すのだから。

（いいわね、クリスタルも、ジェイドも、アンバーも……）

「私も猫になりたい……」

そして、レナードに愛されたかった。

カーテンの隙間から見え隠れする窓の外に目を向ける。

だが、あいにくヴァイオレットは人間でしかなく、態度だけでレナードの気持ちを把握することはできなかった。そして、レナードの心理的な無視を、これ以上耐えられなくなっていた。

（どうせ、嫌われて、最後に婚約破棄になるくらいなら、それくらいならいっそ……）

一生忘れられないような、二人だけの思い出がほしかった。

唇をかたく嚙み締め覚悟を決める。

――時計の針が午後五時を指し示す。

廊下を踏み締める足音に重なり、二人分の声での遣り取りが聞こえた。一方は低く艶やかな聞き慣れたものだった。

「ヴァイオレットはどうしている？」

「はい、迷い込んだクリスタルと遊んでいるはずで……」

「クリスタルはまた脱走したのか。まったく、ヴァイオレットによほど会いたかったんだな」

ヴァイオレットはクリスタルを鳥の羽でじゃらしていたが、レナードが帰宅したのに気付き身を強ばらせた。

扉が数度軽く叩かれたのち、音もなく開けられる。

「やあ、ヴァイオレット、ただいま。いい子にしていたかい？」

「……はい」

レナードは略装の詰襟の濃紺の上着、白いシャツとズボンに身を包んでいたが、一週間ぶりに再会したこともあり、一層眩しく美しく思えた。

だが、怖くて目を合わせることはできなかった。

「君にお土産がある。イーリーは菫青石《きんせいせき》が産出されていてね。君にブローチを買ってきた」

以前と同じ優しく甘い声だ。なのに、幸福な気持ちになれない。すぐに後ろ向きになる自分の性格が嫌だった。

「……」

「ヴァイオレット、どうしたんだい？」

ヴァイオレットはクリスタルを膝から下ろすと、顔を伏せたままレナードの前に立った。

「で、殿下、お願いしたいことがあるのです。お時間をいただけますか」

社交で初対面の人物に話し掛けるよりも、レナードに真意を問い質す方がよほど勇気が要った。

「ああ、それは構わないが……。そんな顔をして何があったんだい？」

レナードはヴァイオレットを長椅子に座らせ、隣に腰を下ろして顔を覗き込んだ。

「風邪でも引いたのかい？　顔色が悪いが……」

「で、殿下。私、何かいけないことをしてしまったのでしょうか？」

「ヴァイオレット……？」

「前の舞踏会以来、ずっと怒っていらっしゃるでしょう？　お、教えてほしいんです。次から二度としないようにしますから……」

「……」

「ゆ、許していただけないのなら、どうか最後にお情けを……思い出をください。抱いてほしいんです。……不遜だとは存じておりますが、私は、殿下をお慕いしています」

十七年間の人生で最大の勇気を振り絞った。

自覚して異性を愛したのが初めてのヴァイオレットは、その一途《いちず》さのために、これから先レナード以外の誰かを好きになれるとは思えなくなっていた。

令嬢にとって結婚までの純潔が大切なのだとは、社交術の講師に教えられてはいた。

とはいえ、事件を解決するまでのこの芝居が終われば婚約は破棄されるのだ。その後の体裁のために二度とレナードに近寄れる気がしない。

なら、今しかないと思い詰めたのである。

レナードは珍しく息を呑んでヴァイオレットを見つめていたが、やがて、「……君は随分と敏《さと》いんだね」と呟いた。

「私の本心に気付けるのは君くらいだろうね」

ヴァイオレットはああ、やはり怒っていたのだと思い知り、膝の上の両の拳を握り締める。

レナードは苦笑しつつヴァイオレットの髪に手を埋めた。

「……安心しなさい。確かにこのところ少々不機嫌だったかもしれないが、君のせいではない」

「じゃあ、どうして……」

ヴァイオレットが顔を上げると、レナードは嘘のない微笑みを浮かべた。

「ようやく私を見てくれたね」

ヴァイオレットの細い肩に手を回し、天使の輪を描く焦げ茶の髪にそっと口付ける。

「ヴァイオレット、私は嫉妬深いんだ。例えば、クリスタルが従者に懐くのは、世話を任せられるので楽にはなるだろうが、まったく嬉しくはないし歓迎もしない。クリスタルの愛情は私だけに向けられていてほしいからだ」

「えっ……」

思わず目を瞬かせてレナードを見つめる。サファイアブルーの双眸には、冷ややかさに代わって、熱にも似た思いが込められていた。

「でも、クリスタルは私にも懐いていますけど……」

「それは、君がクリスタルにとっても私にとっても特別だからだよ」

「……と、特別ですか？」

「特別」の表現に心臓がドキリと鳴った。

「ああ、そうだ。君は特別だ。クリスタルは君を慕っていて、私は君を愛しているからね」

「愛している」とあっさり気持ちを打ち明けられ、ヴァイオレットは一瞬何を言われたのかわからなかった。約一分後、ようやく脳が「愛している」の意味を解読する。

「えっ……で、でも……だって……」

「……舞踏会でファリム殿とエルディィネ語で話していただろう？　ファリム殿は君をすっかり気に入って、次の晩餐会にもぜひ連れてきてほしいと言っていた」

二人だけに通じ合う言葉で約束しようとしていた――レナードはファリムに嫉妬し、ヴァイオレットの無防備さに怒りを覚えた。

「私は嫉妬深く、心が狭く、叶うことなら君をこの部屋に閉じ込めて、永遠に私の姿だけを見、私の声をだけを聞き、私以外の誰も知らないようにしたい……そう望んでいるような男なんだよ。軽蔑するかい？」

「そ、そんな、軽蔑だなんて……」

まさか、レナードも自分を好いていてくれたとは――ヴァイオレットは喜びで胸が一杯になり、同時に今度は恥ずかしくてレナードの目を見られなくなった。

だから、レナードの愛の告白の一部が、父のウォルターがそうしていたように、自分の望まない、軟禁とさほど変わらないのも聞き流してしまった。

「君はてっきり私の気持ちに気付いているものかと思っていたよ」

残念そうな口調に、「ご、ごめんなさい……」と、蚊の鳴くような声で謝る。

十七年間ウォルターの顔色を窺い続けるうちに、相手の不機嫌や怒りは察せるようになっていた。しかし、愛情、特に男女のそれについては、淡い初恋以外未知の感情だったので、まさか、レナードに愛されているなどとは想像もできなかったのだ。

レナードはヴァイオレットをそっと抱き寄せた。

「ヴァイオレット、君は私を慕ってくれると言ってくれたね。それは本当かい？」

「は、はい……」

耳元で甘く囁かれて促され、やっとの思いで小さく頷く。血流が熱湯となって頬だけではなく、全身を燃え上がるように熱くしていた。

「す、好きです……。殿下は、レイさんに似ていて……」

「レイさん？　それはどこの誰だい？」

口にした途端しまったとはっとする。

誰かに似ているから好きなどとは、喜べる理由ではないだろう。慌てて「なんでもありません」と誤魔化そうとしたのだが、レナードは嫉妬深いと公言するだけあって追及の手を緩めなかった。

優しい、だがどこか恐ろしさを含んだ声で促す。

「ヴァイオレット、怒らないから言ってご覧。君にとってレイとはどんな男だったんだい？」

「……」

レナードには口では敵《かな》わない――ヴァイオレットは観念して過去を白状した。

自分のせいでアデルが亡くなったために、ウォルターに愛されていなかったこと。ミルク飲み子だったクリスを拾ったが、ウォルターに反対され飼えなかったこと。猫好きの行商人のレイに出会い、仲良くなってクリスを託したこと。レイが出してくれた「宿題」で寂しいだけだった日々の生活が豊かになったこと――

「毎日必ず一つ好きなものを見付ける――レイさんは世界が明るくて、楽しくて、綺麗なんだってことを教えてくれました。王宮に来て落ち込むことがあっても、レイさんの宿題をすることで元気が出ました」

レナードがくれたチョコレートボンボン、ドレスを身に纏ったクレア、親切なシャーロットに可愛いクリスタル、ジェイド、アンバー――

「好きなものをたくさん見つけられました。ここに来て良かったと思えるようになって……」

最後に「ごめんなさい」と呟き目を膝の上に落とす。

「だから、今でもとても大切な思い出なんです。レイさんは優しいだけじゃない。約束を守ってくれる人でした。年に二回、必ずクリスに会わせてくれて……」

レイとクリスとはさよならも言えずに別れることになった。ヴァイオレットの十七年の人生の唯一の心残りだった。

「殿下がレイさんに似ているなと思ったのは……やっぱりそういうところで……でも、レイさんを思い出させるから、殿下が好きだというわけじゃありません。ずっとおそばにいて、あなた自身に恋に落ちたんです」

つっかえつっかえながらも、ヴァイオレットは語彙を総動員し、顔をイチゴさながらに赤くしつつも、なんとか気持ちのすべてを伝える。

レナードは「なんだ、そうだったのか」と小さく頷き、ヴァイオレットの頬に手を添えた。

「ヴァイオレット」

「えっ……」

わずかに開いた紅水晶色の唇に、レナードの薄いそれが重なる。少し乾いてひんやりした、だが柔らかな感触――初めての口付けにすみれ色の双眸が見開かれ、まもなく何をされたのかを知り、シミ一つない頬が秋のヒースの色に染まった。

「なっ……何をなさって……」

「君は口付けも初めてだったのかい？」

き込む。

「〜〜っ」

恥ずかしさのあまり距離を取ろうとするのだが、レナードはそれを許してくれない。ヴァイオレットの額に、目尻に、頬に、最後にもう一度唇を重ね、涙の滲《にじ》んだ大きな目を覗き込む。

「ひゃっ……ん……」

「君と初めて踊ったのも、唇を重ねたのも私なのか。ヴァイオレット、こんなに嬉しいことはない」

レナードはヴァイオレットの頬を引き寄せ、覆い被さるようにより深く口付けた。

「ん……ぅ」

唇を強引に割り開かれ、華奢《きやしや》な体がビクリと引き攣る。

「んっ……」

反射的に抵抗したのだが、すぐに背に手を回され、動きを封じられてしまった。蠢《うごめ》く熱い何かが真珠にも似た白い歯の狭間から、ヴァイオレットの口腔《こうこう》に滑り込む。

「……っ」

口付けがどんなものかは知っていたが、それは母のアデルが生きていた頃の、母から娘への愛情の込められた、頬への一瞬の触れ合いでしかなかった。なのに、レナードとの口付けは、唇だけではなく、体の芯を熱くさせる何かがある。

レナードが唇を離したのは、口付けのやり方を知らないヴァイオレットが、呼吸困難になる寸前のことだった。

「ぷはっ……」

ようやく得られた空気を思い切り吸い込み、次いで間近にある白皙の美貌にドキリとする。羞恥心に目を逸らさずにはいられなかった。

だが、すぐに顎を摘ままれ上向かされてしまう。

「ヴァイオレット、目を逸らさないで」

「……っ」

サファイアブルーとすみれ色の視線が宙で音もなく絡み合う。「ヴァイオレット、もう一度私を好きだと言ってくれるかい」

甘い囁きに促され、頬を更に赤くしながら、「……はい」とやっとの思いで頷く。

「で、殿下だけをお慕いしています……」

ヴァイオレットは二度目の愛の告白をした直後、レナードの双眸に欲望の炎が点ったのを確かに見た。

再び続けざまに二度深く口付けられ、肺が限界になったところで、低く艶やかな声がヴァイオレットの耳元を擽《くすぐ》る。

「ヴァイオレット、先ほど君は私に抱いてほしいと言ったね。本当に構わないのかい？」

「……っ」

確かにレナードの態度を誤解し、「抱いてくれ」と訴えた。だが、気持ちを確かめ合い、不安が解消されると、途端になんとはしたない真似をしてしまったのかと恥ずかしくなる。

また、未知の世界への恐れもあった。慄《おのの》いてしまった。口付けだけでも頭がくらくらしているのに、この上抱かれればどうなってしまうのか。

なんと答えたものかと戸惑っていたのだが、「私も君を抱きたい」と背を撫でられ、正直に「怖い」と打ち明けてしまえば、今度こそ嫌われるのではないかと怯えた。

「か、構いません……」

「ほ、本当です」

「本当に……？」

直後に、背と膝の下に手を回され、軽々と抱き上げられた。

「きゃっ……！」

バランスを取ろうとして、思わずレナードの首に手を回す。

レナードは部屋を横切り、ヴァイオレットをそっとベッドの上に下ろした。手首をシーツの上に縫い止め、すみれ色の瞳を覗き込む。

「私は君が思うほど紳士ではない。構わないと言われて、途中で止める気はない。……それでもいいかい？」

「い、いいです……」

今日を限りに純潔を失うよりも、レナードの愛情を失う方が怖くなっていた。ヴァイオレットはそれほど誰かと愛し合うことに飢えていた。覚悟を決めて小さく頷く。

「だ、抱いて、ください……。殿下でなければ嫌なんです」

サファイアブルーの双眸がふと細められる。

「ヴァイオレット、君は殺し文句がうまいね」

長い指がボタンに掛けられる。

室内用のドレスは寛ぐためのものなので簡素なもので、下着はコルセットで締め付けずにシュミーズのみである。

ドレスを脱がされ、シュミーズを剝ぎ取られ、放り投げられた二着が絨毯の上でパサリと音を立てる。それだけでも羞恥心で死にそうな気分だったのだが、生まれたままの姿になり、レナードの視線に晒《さら》されると、肌寒いはずなのに体が一気に熱くなるのを感じた。

（や、やだ。恥ずかしい……。怖い……）

ヴァイオレットは自分の体が異性から見て、どう映るのかを知らなかった。醜くはないかと不安になる。

まだ男を知らない汚れのないその肉体は白く滑らかで、まっさらな新雪に足を踏み入れたくなるような、支配欲をかき立てるものなのだとは知るはずもなかった。

柔らかな曲線が首筋から爪先まで続いている。華奢な肢体に似合わぬ大きく実った二つの乳房は、横たわってても弾力を維持し扇情的にふるふると揺れ、頂には唇と同じく可愛らしい紅水晶色の蕾《つぼみ》があった。腰はコルセットなどなくてもくっきりと括れ、まろやかな臀《でん》部《ぶ》からすらりと伸びた足は細く長い。

胸を、腹を、腰を、足を、レナードの視線が余すところなく辿《たど》る。

「ヴァイオレット、女神のように綺麗だ」

「……っ」

ヴァイオレットは涙目で目を逸らした。

「そ、そんなに見ないでください……」

「悪いが、そのお願いは聞けないな」

顎を摘まれ上向かされ口付けられる。

「んっ……」

舌を絡め取られまたもや呼吸困難に陥りそうになる。更に乳房の片側をやわやわと揉み込まれ、ビクリと身を震わせたのだが、伸し掛かられたことで、それ以上動けなくなってしまった。

「ん……ぅ。……っ」

乳房を中心に体に熱が広まっていく。蕾を指先で摘まれ、軽く捻《ひね》られると、喉の奥か

ら声にならない声が上がりそうになった。

だが、唇を塞がれているのでどうにもならない。

「……っ。……っ。……ぅ」

それからどれだけの時が過ぎたのだろうか。長い口付けからようやく解放され、大きく息を吸い込んだのだが、間もなく「ひゃっ」と上ずった声を上げてしまった。

レナードが胸の谷間に顔を埋めてきたからだ。夜の空気に冷やされたさらさらした金髪の感触に、白く滑らかな肌がざっと粟立《あわだ》った。

「で、殿下、何をっ……」

レナードは何も答えずに乳房を貪った。

歯で軽く噛み跡をつけられたかと思うと、続いて舌で味わうように舐められる。雪山のように白かった乳房の一つが、続けざまの刺激に徐々に薄紅色に染まり、その上強く吸われて口付けの跡を刻み込まれていった。

「あっ……んんっ……やっ」

このまま食べられてしまうのではないか——そう慄いた頃に右の頂を口に含まれ、赤ん坊さながらに音を立てて吸われて、背筋に繰り返し震えが走る。

「あっ……殿下……」

思わず二の腕を摑み、押し返そうとしたのだが、力で叶うはずもない。必死の抵抗も呆気なく両手首をシーツに今一度縫い止められた。

「やっ……そんな……。ひゃあっ……あっ」

熱が吸われる乳房に集中し、レナードに吸い出されるような感覚を覚える。吸う音がしっかり耳に聞こえるのも、ヴァイオレットの羞恥心を更に刺激した。

右の乳房を繰り返し吸われ、左の乳房の頂を指先で嬲《なぶ》られ、与えられる強烈な刺激に、ろくにものを考えられなくなってしまう。なのに、喘《あえ》ぎ声は勝手に出てしまうのだ。

「あっ……やっ……で、殿下ぁ……」

（こんなの……こんなの……知らない……こんなの……）

「あっ……やんっ……ひゃあっ」

レナードがようやく顔を上げた時には、ヴァイオレットはすでにぐったりとしていた。

所有の証が無数に散り、頂がぬらぬら光る乳房を擦りながら、レナードが「君は随分と敏感なんだね」と笑う。

「まだ胸だけなのにこんなに乱れて……」

「……っ」

いやらしい女だと言われた気がして、それ以上レナードの目を見ていられず、目を背けるしかなかった。

「ヴァイオレット、気持ちいいからと言って恥ずかしがることないんだよ。ごく自然なことなのだから」

「……」

レナードは何も言わぬヴァイオレットを見下ろしながら、上着のボタンを片手で外し、続いてシャツを脱ぎ捨てた。

厚い胸板と鍛え抜かれた二の腕、引き締まって割れた腹部が露《あら》わになる。男性の体を見るのは初めてだったヴァイオレットは、自分とはあまりに違う骨格と筋肉、そして逞《たくま》しさに目を見張り、再び羞恥心に真っ赤になって目を逸らした。

自分の裸身を見られるのも恥ずかしいが、レナードの一糸纏わぬ姿を見るのは、もっと恥ずかしくて瞼をかたく閉じる。

「……とは言っても、照れ屋の君には難しいのかも知れないね。なら、恥ずかしいことすら忘れさせてあげよう。それまでそうして目を閉じているといい」

ベッドがぎしりと軋《きし》む音が聞こえ、レナードが再び伸し掛かるのを感じる。肌と肌での生身での触れ合いが、まだ目覚めきっていないヴァイオレットの官能に、小さな火を灯《とも》した。

「あ……」

レナードの手が胸から腹へ、腹から腿《もも》へと辿り、すらりと白い足の狭間へと滑り込む。

「……っ」

思わず足に力を込めて閉じようとしたが、レナードはそれを許さなかった。

「あんっ……」

二本の指が淡い茂みを掻き分け、ヴァイオレットの花園へ辿り着く。

花唇を下から上へ繰り返し撫で上げられ、次いで円を描くように愛撫《あいぶ》されると、紅水晶色の唇から「あっ」と羞恥心からではない声が漏れ出た。

（な、何、これ……。足の間とお腹の奥が……熱い……）

腹の奥がきゅっと締まるような感覚がして、熱が蜜となってじわりと滲《にじ》み出す。続いて花芽をぐっと押され、軽く摘まんで揺すぶられると、声にならない喘ぎ声とともに、更なる蜜がレナードの指を濡らした。

「あっ……あっ……やぁん」

嫌々と首を横に振ってしまう。

「少しも嫌には聞こえないよ、ヴァイオレット」

言葉とともに指の一本が、緩み始めた蜜口に入り込んだ。

「あっ……！」

今までとは比べものにならない衝撃に、官能でほのかな薄紅色に染まった肢体が一気に引き攣る。

圧迫感に背を仰け反らせ、爪先がピンと伸びた。

「ヴァイオレット、辛いのかい？　ほら、体の力を抜いて」

「……っ」

と言われも、もう自分で自分の体が思い通りにならなくなっている。荒い息を吐き出しながらただ感じることしかできない。

「ごめ……なさ……い。無理、ですぅ……」

喋るのもやっとだった。

「……そうか。無理なら仕方がないね」

レナードの声はこんな時にもかかわらず、どこか楽しげな色を帯びていた。

「なら、私に任せておくといい」

骨張った指が更にヴァイオレットの中に深く侵入する。何を探っているのか内壁のあちらこちらを弄《いじ》っている。

「あ、あ、あ……」

蜜に濡れ、刺激に蠢く内壁のある箇所を指先で優しく撫で、軽く掻くと細い体がベッドの上で跳ねた。

「やんっ……」

「ああ、君が感じるところはここか」

その箇所を執拗《しつよう》に押され、体がビクビクと跳ねる。蜜口から腹の奥まで、雷が走ったのかと思った。

「あんっ……あっ……あっ……殿下ぁ……」

朝露のように澄んだ涙が、白い頬に跡をつけて零《こぼ》れ落ちる。唇の端からは涎《よだれ》が滲《にじ》み出たが、汚いと思う余裕などもうなかった。

腹の奥が再びきゅっと締まり、蜜が滾々《こんこん》と湧き出てくるのを感じる。その熱で腰が焼け焦げてしまいそうだった。

「指だけでこんなに感じるなんて、ヴァイオレット、これから先に君は耐えられるだろうか？」

「……」

全身の感覚が足の狭間に集中して、レナードの声も耳に届かない。だから、指がずるりと引き抜かれ、続いて灼熱《しゃくねつ》の欲望が宛《あて》がわれた時にも、押し入られるまで何が起こったのか理解できなかった。

「えっ……？」

指よりも遙《はる》かに大きく、質量が桁違いの何かが、ゆっくりと隘路《あいろ》を押し広げていく。

「あっ……」

指の圧迫感などもはや思い出せなかった。

「あぁっ……」

内壁の抵抗が大きかったのだろうか。レナードは息を吐き出し、ヴァイオレットの両脇に手を突くと、ぐっと力を込めて腰を突き出した。

「……っ！」

同時に何かがぶつりと引き千切られた感覚がした。

「……はっ」

体を熱せられた杭《くい》で貫かれたのではないか——鈍い痛みと激しい圧迫感に目を見開く。

「……あ」

腹の奥にまでレナードの灼熱が満ち満ちている。その生々しさにようやく純潔を失ったのだと思い知った。

「あ、あ……」

（い、痛い……）

覆い被さるレナードを見上げながら、しばし呆然としていたのだが、やがて痛みだけからではない、涙が頬に零れ落ちるのを感じた。なんの涙なのかはヴァイオレット自身にもわからなかった。

「ヴァイオレット……」

「……あっ」

「痛いかい？」

「……」

涙目で小さくこくこくと頷く。

「そうか……」

レナードは白い頬に零れ落ちた涙を吸うと、紅水晶色の唇に優しく口付けた。

「だが、済まない。止めてやれそうにはない。……君は可愛すぎる」

衝撃に震える細腰を摑んで体を軽く揺すぶる。

「あっ……」

繋がる箇所からぐちゅぐちゅと嫌らしい音がした。耳でだけではなく体の中でも感じるその響きに、快感で吹っ飛んだはずの羞恥心が舞い戻ってくる。

「あっ……あっ……あっ……殿下ぁ……」

白い頬を雛罌粟《ひなげし》の色に染め、シーツに涙を散らしいやいやと首を横に振るのだが、その仕草が男の劣情を煽《あお》るのだとは想像もできなかった。

レナードはみずからの肉の楔《くさび》の大きさに、ヴァイオレットを慣らすためなのだろうか。数分ほど小刻みな動きを繰り返していたが、ある時点で不意に動きを止め、ぐっと腰を大きく引いた。

「やあっ……」

ずるりと灼熱を胎内から引き抜かれる感覚に、ヴァイオレットの華奢な背がぶるりと震える。続いて一気に最奥までズンと押し込まれ、呼吸と同時に世界の時が止まった気がした。

「あっ……」

突き上げられる度に体が大きく上下し、ベッドが軋んでそこに淫らな濡れた音が交じる。体が重なる度に弾力のある乳房が、厚い胸板に潰されてひしゃげた。

肌の間の汗がもうどちらのものなのかもわからない。繋がる箇所からは蜜と先走りの入交が漏れ出る。

「ヴァイオレット……君を、愛している」

私も愛していますと答える気力はヴァイオレットに残されてはいなかった。レナードの与える官能の波に翻弄される木の葉となって、ただ喘いで涙を流すことしかできず、その涙はすべてレナードが吸った。

「涙の一滴まで、君のすべては私のものだ」

愛というには暗い響きを帯びた囁きがヴァイオレットの耳を擽る。

「で、殿下ぁ……」

「……レナードだよ、ヴァイオレット。これから君にはそう読んでほしい」

だが、ヴァイオレットにレナードの言葉はもはや届かなかった。直後に、最奥にある最後の封印をこじ開けられ、熱い迸《ほとばし》りを注ぎ込まれたからだ。

「あっ……」

レナードがぶるりと体を二度震わせる。

「あ、あ……」

腹の奥が自分のものではない熱で満たされるのを感じ、逞しい肩越しに呆然と天蓋の裏側を見上げる。

小さく叫んだところまでは覚えているのだが、自分が何を言ったのかも理解できないまま、ヴァイオレットは疲労と強烈な快感からふっと意識を失った。


――猫の鳴き声が聞こえる。

「みゃぁぁああ、みゃぁぁぁあああ……」

これはクリスの声だ。

(……早くミルクをあげなくちゃ)

子猫は乳離れをするまでに、数時間おきにミルクを与えなければならない。

だが、眠いだけではなくだるくて堪らない。ヴァイオレットはそれでも意志の力を総動員して瞼を開け、のろのろとベッドから起き上がった。

「クリス、ごめんね。お腹空いたわよね。すぐに用意するから……」

ところが、妙な肌寒さに首を傾げて我が身を見下ろす。

（え、は、裸⁉　どうして⁉）

しかも、首筋や胸元に赤い痕が散っている。怪我をしたのか流行病《はやりやまい》にでもかかったのか。一体、いつどこでそうなったのかと泡を食って辺りを見回し、隣に眠るレナードの姿が目に入って絶句した。

「で、殿下……⁉」

しかも、一糸纏わぬ裸身だった。

（ど、どうして？　何があったの？）

だが、記憶を取り戻す前に、レナードが頭を預ける枕の横に、三毛猫がちょこんと腰を下ろしているのに気付く。

三毛猫が再度「みゃぁぁああ！」と大きく鳴いた。この鳴き声は「メシくれ！」だとはっとする。

（この猫はクリス……？　ううん、違うわ。クリスはもっと小さかったもの。この子はクリスタル、そう、殿下の飼い猫のクリスタルよ）

いずれにせよ、腹を空《す》かせているのには違いない。

ヴァイオレットは慌ててベッドから下りると、部屋に常備されているガウンを身に纏った。

枕元に置かれた呼び鈴を鳴らして侍女を呼ぶ。ところが、寝室にやって来たのは侍女ではなく、ヴァイオレットと同じ年頃のメイドのメアリーだった。ヴァイオレットのガウン姿を目にし、なぜか頬を赤く染めている。

「あら？　あなたはメアリーよね。アデレイドさんは？」

メアリーは一瞬口籠もったものの、「呼び鈴が聞こえたので」と答えた。

「私に何かできることがあればと……」

猫の餌程度なら侍女ではなくとも誰にでもできる。

「じゃあ、猫用の食べ物を持ってきてくれる？　鶏のささみをほぐしてぬるま湯につけたものを」

「か、かしこまりました。すぐにお持ちいたします……」

（……？　どうして頬を染めていたのかしら？）

いずれにせよ、メアリーはよく気の利くメイドだ。真っ先に飛んできてくれただけではなく仕事も速い。

メアリーは一端引っ込み、約五分後、やはり顔を赤くしたまま、餌の入った皿を台車に載せて現れた。

ヴァイオレットが早速餌の入った皿を床の上に置くと、クリスタルは目をキラキラさせて皿に顔を突っ込んだ。

「あんまり急いで食べちゃ駄目よ。吐いちゃうかもしれないから」

ヴァイオレットは腰を屈め、クリスタルが食事をする様子を目を細めて見守っていたが、餌が半分に減った頃になると、昨夜の記憶をすべて取り戻してしまい、顔を引き攣らせた。

（そ、そうよ。私、殿下に〝抱いてください〟ってお願いして……）

レナードも「私もだ」と愛の告白をしてくれたのだ。その後、流れと勢いで床を共にしてしまった。

（わ、わ、わ、私ったらなんてことを……！）

いくら嫌われているのではないかと思い詰めていたとは言え、女性から迫るなどフェイザーの貴族社会では有り得ない。

その上、レナードに抱かれて喉が嗄れるほど喘いでしまった。どうりで声が出しにくくなっているはずである。足の狭間にも違和感があった。

（ま、待って。じゃあ、さっきメイドが頬を染めていたのは……）

冷や汗を流しながらガウンの合わせ目を見下ろす。肌に散る赤い痕がなんであるのかも思い出してしまった。メイドからすれば何があったのか一目瞭然だったのだろう。

（ど、どうしたらいいの？　う、噂になってしまうわ）

一人で赤くなったり青くなったりするうちに、クリスタルが食事を終えて顔を洗い始める。

昨夜の出来事も洗い流せはしないか――どうしたものかと頭を抱えていたところに、

「おはよう」と声が掛かった。

「おや、クリスタルに餌をやってくれたのか」

「……！」

恐る恐る振り返る。

レナードが体を起こして片膝を立て、手を置いて微笑みを浮かべていた。

「そのガウン姿も可愛いね」

「お、おはよう、ございます……」

合わせる顔がなくその場で膝を抱えて背を向ける。

「ヴァイオレット、どうしたんだい？」

「も、申し訳ございません。私、何も考えずにさっきメイドを呼んだんです。きっと昨日何があったのかバレてしまいました……」

「それの何がいけないんだい？」

「な、何がって……」

自分たちの立場は偽物の婚約者同士である。貴族社会では婚約者であっても、婚前に枕を交わすのは御法度だ。特に女性は純潔を求められる。

「で、殿下にご迷惑をお掛けしてしまいます……。ふしだらな婚約者を持ったって噂になったら……」

レナードは苦笑し手の上に頬を載せた。

「ヴァイオレット、君は何一つ悪くはない。謝る必要はない」

「で、でも……」

「私を見てほしい」

「……」

レナードに頼まれると聞かないわけにはいかない。おずおずと立ち上がって振り返ると、

「おいで」と手を差し伸べられドキリとした。

「ヴァイオレット、これからについて話そう。大事な話だ」

「これからについて……？」

気まずくはあるがベッドの縁に腰を下ろす。

レナードはヴァイオレットの目を覗き込んだ。

「ヴァイオレット、提案だ。……このまま私と結婚してくれないか？」

「えっ……？」

思い掛けない提案に一瞬言葉を失う。

「で、でも、婚約は事件が終わるまでって……」

「確かに初めはそのつもりだった。だが、君と共に過ごすうちに君が愛しくなり、偽物を本物にしてもいいと思うようになり、そうしてもなんの支障もないことに気付いた」

ヴァイオレットはもともと貴族出身である上に、現在は大公の養女で、身分の問題はない。

「身分だけではない。君は素晴らしいレディだと、父上やシャーロット、宮廷に出入りする貴族だけではなく、大使らからも評判になっている」

「何をおっしゃって……」

信じられなかった。貴族の令嬢としてろくな教育を受けず、シャーロットの侍女となるまでは、本来なら家庭で躾けられるべき、基本的な礼儀作法すら知らなかったのだ。

レナードは苦笑しヴァイオレットの髪に手を埋めた。

「君はどうも自分に厳しすぎる嫌いがあるね。だが、事実だ。君は数ヶ国語を操る才女で、身のこなしも誰よりも優美だ。……頑張ったんだね」

他人からの賞賛よりも、最後の一言に胸が熱くなった。

そう、ラッセル伯領の屋敷から追い出されて以来、なんとか居場所を得ようと、偽物とは言えレナードに相応しい婚約者になろうと、必死になって頑張ってきたのだ。

「あ、ありがとう、ございます……」

悲しみではない涙が込み上げてくる。

「私の妻になってくれるね？」

二度目の真実の求婚にヴァイオレットは今度こそ頷いた。

「はい……。ずっと殿下のおそばにいたいです……」

偽物ではない、本物の婚約者になれる——昨年までは一生を閉じ込められて終わるのだと諦めていたのに、こんな幸運が舞い下りるとは思わなかった。

「これからは喜びも悲しみも分け合おう」

レナードはヴァイオレットの手を取って、騎士のように甲に口付けると、次いで唇の端に微笑みを浮かべて一気に引いた。

「きゃっ……！」

不意打ちに対応できずにベッドに転がり、目を見開くヴァイオレットに素早く伸し掛かる。

「で、殿下？」

「これからは名で呼んでほしいと昨夜頼んだだろう？」

「そ、そうでしたっけ……？」

めくるめく夜だったので、最中にどんな会話を交わしたのかは、まったく覚えていなかったので慌てる。

レナードはヴァイオレットの頬を優しく撫でた。

「さあ、レナードと呼んでご覧」

「……れ、レナード……様」

今まで殿下としか呼んでこなかったので照れ臭い。

一方、レナードは少々強引な一面をまたもや見せた。

「聞こえなかったな、さあもう一度。〝レナード様、愛しています〟と言ってご覧」

「……」

要求がエスカレートしていくのは気のせいだろうか。

だが、ヴァイオレットにレナードの頼み──命令を断る選択肢はなかった。

「れ、レナード様……あ、愛して……」

昨夜は勢いで抱いてくれとまで言えたのに、正気に戻った今となっては恥ずかしくて堪らない。それでも、勇気を振り絞って愛の言葉を口にした。

「愛しています……。あ、あなただけです……」

言い終わった途端に顔が昨日の夜レナードに翻弄され、熱せられた体と同じくらい熱くなるのを感じた。

サファイアブルーの双眸に甘い光りが煌めく。

「いい子だ。よくできたね」

レナードはヴァイオレットの両の手にみずからのそれを絡めた。

「れ、レナード様……?」

「ご褒美にキスをあげよう」

「えっ」と驚く間もなく唇を奪われる。

「ん……ん」

昨夜よりは優しい口付けだった。唇の温もりと体が重なることで感じる、互いの鼓動を通じて愛情が伝わってくる。

長い、長い口付けのあとで、レナードはヴァイオレットの髪を掬《すく》い取《と》り、指先に絡めながらすみれ色の瞳を見下ろした。

「ヴァイオレット、今日の君は昨日の君よりずっと可愛い」

レナードの「可愛い」は社交界で評判になるよりもずっと嬉しい。

ヴァイオレットはレナードを見上げて微笑んだ。今度はごく自然に愛情を言葉にできた。

「私……昨日より今日の方がレナード様を好きです」

きっとこれからどんどん好きになるだろうと思うと胸が一杯になる。

レナードは目を見開いてヴァイオレットを見つめていたが、やがて白い首筋に顔を埋めてまだ火照りの残る肌を吸った。

「ひゃっ……れ、レナード様?」

「ヴァイオレット、君が可愛いのが悪いんだよ」

ガウンの帯を解いて肌を露わにする。赤い痕の散る二つの乳房がふるりと揺れた。レナードに抱かれたことで快楽を刻み込まれ、男の精を注ぎ込まれ、より艶《なま》めかしくなったその肢体に、逞しく筋肉質の肉体が覆い被さる。

「レナード様……。そ、そんな……あ、あんっ」

足を膝で割られ間に入り込まれ、昨夜の残滓《ざんし》の残る蜜口を楔で塞がれ、ヴァイオレットは耐えきれずに背を仰け反らせた。

「愛しているよ、ヴァイオレット……」

一方、満腹になったクリスタルは、再び激しく混じり合う飼い主二人には構わず、窓辺から差し込む陽光のもとで、呑気《のんき》に腹を出して寝転がっていた。

第四章　切ない別れ

レナードは即断即決が心情らしく、ヴァイオレットが結婚を承諾するが早いか、挙式や披露宴の準備、招待客のリストアップを始めたのだという。

「まだ君を狙う犯人はわかっていないし、宮廷の麻薬の汚染も一掃できたわけではないからね。大勢を招待するのは危険だ」

そこで、挙式も披露宴も身内のみでさっさと済ませることにしたのだそうだ。

ヴァイオレットが結婚式の予定を把握したのは、レナードによりすべてが決められたあとで、事後承諾を求められたので仰天した。

「きょ、挙式が半年後……？」

飲みかけのお茶をすんでのところで膝の上に零《こぼ》しそうになる。いくらなんでも早過ぎないかと仰天したのだ。王族の結婚にはたとえ挙式だけであっても、しきたりが数多あり準備に時間がかかるはずだった。

一方、レナードは長椅子に腰掛け優雅に足を組みつつ、隣に座るヴァイオレットの肩を抱き寄せた。

「実はディジョンだけではない。先月ゲルリッツ帝国からも縁談を打診されていてね。あの国には王女はいないが、皇族ゆかりの令嬢がいて勧められたんだ。早々に結婚してしまった方がこうした話もなくなるだろうと踏んだのさ」

自分との婚約は大分前に発表されているはずなのだが、フェイザー王国の王太子妃の、いいや、レナードの妃となるのを諦めきれない姫君や令嬢は数多くいるのだろう。

（レナード様は本当に私でいいのかしら……）

結婚は承諾したものの、いざ王太子妃となる将来が迫ってくると、そうした不安に駆られてしまう。

お茶の水面に落としていた目を上げる。

（……ううん、もう卑屈でいるのは止めなくちゃ。自分を貶《おとし》めるのはレナード様も貶めることになるわ）

王太子妃となる以上胸を張っていなければならない。今度こそ前だけを見つめて生きようと心に決めた。

（自信を持つのも勇気だわ。頑張らなくちゃ）

うん、そうよと小さく頷き、テーブルにカップを置いてレナードを見上げる。

「かしこまりました。結婚式、楽しみですね」

　レナードは天使の輪をいただく焦げ茶の髪に口付け、毛先を指に巻き付けて弄んだ。

「予定はほとんど私が決定してしまったからね。君にはドレスや宝飾品のデザインを決めてもらおう。予算はいくらでも構わない。宝飾品はダイヤモンドがいいかい？　それとも君の瞳の色と同じアメジストや菫青石がいいかい？」

「……」

　レナードは自分を甘やかし過ぎではないだろうかと焦り冷や汗が流れる。

「あ、あの、私はなんでも……」

　レナードはヴァイオレットの答えを聞き、おおよそ予想していたようで、やれやれと肩を竦《すく》めた。

「ヴァイオレット、君が私に甘えてくれないから、私が甘やかすしかないんだよ。このままだと私は君のために、ダイヤモンドを一山分買うことになるだろう」

「えっ……」

「男というのは好きな女性に甘えられると、天にも昇るような心地になるんだ。なのに、君は何もほしがらないいし、何をしてほしいとも言わない。……寂しいね」

　サファイアブルーの双眸に切なげな影が落ち、ヴァイオレットの心臓をドキリとさせる。

　まさか、寂しがらせていたとは思わなかったので、慌ててまた謝ってしまった。

「も、申し訳ございません……」

「ヴァイオレット、謝る必要もないんだよ」

「申し訳ございません……あっ」

とはいえ、どう甘えていいのかがわからない。母のアデルは早くに亡くなり、父のウォルターには疎まれていたので、何かを強請《ねだ》ったり頼んだりすることなどほぼなかったからだ。

「でも、宝石はそんなに興味がなくて……」

しかし、レナードが寂しいというのなら、何がなんでも甘えなくてはならない。

(私がほしいものって……してほしいことって何かしら？)

数分間首を傾げていたのだが、窓辺の日だまりで身を寄せ合って眠る、クリスタルとジェイドが目に入ってはっとする。

「あの……レナード様、くっついてもいいですか？」

「ああ、もちろん構わない」

ヴァイオレットは猫になった気持ちでレナードに身を擦り寄せた。

(私が一番欲しいものは……レナード様だわ)

レナードの温もりさえあればよかった。

肩に額をコツンと当てると、レナードは微笑みながら後頭部に手を回し、何度もよしよしと撫でてくれた。

「君はまるで猫みたいだね」

（本当に猫だったら良かったのに……）

小さく溜め息を吐く。

（私がクリスタルだったら、他にどんな風にしてレナード様に甘えるかしら？）

ふと脳裏に浮かんだ思い付きが、照れ臭いどころではなかったので、慌てて頭から振り払う。本物のクリスタルなら気兼ねもなくできるのだろうが、人間である自分にはまず無理だと感じたからだ。

しかし、いつまでも無理だ、無理だと引くだけではなんの進展もない――真似くらいならいいだろうと勇気を振り絞る。

「……」

レナードをじっと見つめ、やはり恥ずかしくてならないので瞼を閉じ、形のいい唇をペロリと舐めた。

サファイアブルーの双眸がヴァイオレットを映したまま大きく見開かれる。

「ヴァイオレット……？」

顔から火が吹き出そうだったが、続いて鋭利な線を描いた頬にキスをした。そこでついに羞恥心の限界が来て、顔を覆って「申し訳ございません」と、蚊の鳴くような声で謝る。

「く、クリスタルみたいに甘えたいと思ったんですけど……うまくいきませんでした」

「……」

珍しく答えが返ってこなかったので、ヴァイオレットは恐る恐る顔を上げた。

（ば、馬鹿にされたとか思われたかしら？）

直後に、肩を抱き寄せられ唇が重ねられる。

「んっ……」

レナードはすぐに距離を取り、くすくす笑いながらヴァイオレットの頬を撫でた。

「ヴァイオレット、君はいつも私の予想以上の行動を取ってくれる」

愛《いと》おしそうに指先で唇の輪郭を辿り、「お返しだよ」と頬に軽くキスしてくれた。

「だけど、キスはもっと上達した方がいいかもしれないね。そうだ。今から練習をしようか」

「れ、練習、ですか？」

「ああ、そうだ。ひょっとしたら一日かかるかもしれない」

そんなと抗議する間もなくまたもや唇を奪われる。

「ん……ふ」

喉の奥に流れ込むレナードの吐息は、熱く甘くそのまま蕩《とろ》けてしまいそうだった。

――麻薬の密輸犯が判明したとの一報が入ったのは、レナードと二人きりの一日を過ごした翌日のことだった。

――密輸犯はディジョンとの貿易で財を築いた、フェイザー王国の男爵だった。

男爵は先祖代々の土地を切り売りし、汲々《きゅうきゅう》と暮らしていたのだが、この十年で貿易商を立ち上げ成功している。捜査の結果、その成功もディジョンによりお膳立てされた可能性が高いのだという。

もちろん、表向きに取引している商品は、塩漬けの豚肉などの食品である。その豚肉の保存料となるハーブの中に、麻薬の原料となる植物の葉を混入させていたものらしい。

「君にも知る権利があるから」と、寝室でレナードから話を聞かされ、ヴァイオレットはディジョンの周到さに震え上がった。

「では、ディジョンは十年前からそうした準備をしていたと言うことですか……」

フェイザー国内のある程度の身分、しかも金に困っている貴族を手先として取り込み、資金を提供し、多額の利益を与えた上で密輸に手を染めさせる――

手先となった男爵も止めたいとは思っても、次から次へと入ってくる金による贅沢《ぜいたく》を覚えた上に、ディジョンに弱みを握られている。更に、フェイザーに罪を暴かれれば破滅が待っている。口を噤《つぐ》んで犯罪に手を染め続けることだけが、生き残る手段となっていたのだろう。

「彼は自分だけではなく、娘婿や親族も巻き込んでいてね。今回、その娘婿から密告が入った」

　レナードはベッドの縁に腰掛け、長い足を組みながら、隣のヴァイオレットの肩を抱き寄せた。

「この男爵については以前から容疑があり、密《ひそ》かに捜査していたのだが、まさか、身内が証拠を持ってくるとはね」

　娘婿は裏帳簿を王家に差し出し、「どうか、これで身重の妻だけはお許しください」と、土下座して許しを請うたのだとか。帳簿には五年以上に亘る麻薬の取引量が記録されていたのだという。

「他にも八人の密輸の主犯が判明している」

　レナードはヴァイオレットが命を狙われた事件以降、意識的に宮廷のみならず、フェイザー全土にある噂を広めていたのだという。

「身内の場合密告、本人の場合自首すれば、罪を二等減じるとね。本人は公職を辞さなければならないが、禁固刑はなく執行猶予となり、身内への連座もない」

　現在、法律を改正中で今月内に発布する予定なのだそうだ。

　なるほど、親族に迷惑がかからないのなら、いつ罪を暴かれるかと怯えて生きていくよりは、いっそすべて白状して楽になりたいと望むものも現れるだろう。

「では……その密輸犯達はもう逮捕されたのですか？」

「いいや。国内での売買ルートを摘発し、麻薬の顧客リストを洗い出すまでは、泳がせようと言うことになった」

すでに、男爵の貿易省の内部に王家のスパイを送り込み、証拠とリストの収集にあたっているのだそうだ。

「年内には決着を付けたいが、売買ルートも複雑化させ、摘発されにくくしているだろうからな。それまでにできるだけ多くの中毒患者が、危機感を覚えて自首してくれればいいが……」

ヴァイオレットも麻薬を売った者も買った者も早く自首してくれればいいと願っていた。

――クレアから話があるので、時間を取ってほしいと頼まれたのは、それから一週間後のことだった。

かつての同僚であるシャーロット王女付きの侍女のクレアとは、社交界デビューした舞踏会以来仲良しになっている。ヴァイオレットはてっきりお喋りをしたいのだと思い、二つ返事で「明後日なら」と約束をした。

内密の相談をしたいと知らされていたので、レナードにも何も言わずに寝室に招いた。

十代後半にもなると令嬢にも秘密ができる。お忍びでの城下町へのお出かけや、ちょっと変わった趣味や――クレアの相談もきっとそんな内容だろうと推測していた。

「さあ、窓辺の椅子に座って。今日は天気がいいから、日だまりでお茶をしたかったの。用意してもらったお茶ね、とっても香りがいいだけじゃなくて、砂糖を入れなくてももとからほんのり甘いそうなの」

久々の友人との一時にはしゃぐヴァイオレットとは対照的に、以前は令嬢らしくツンと澄ましていたクレアはなぜかモジモジしている。

（どうしたのかしら？　クレアらしくないわ）

テーブル越しにクレアの向かいの席に腰掛ける。

クレアは気まずそうに目を伏せ、「……ありがとう」と蚊の鳴くような声で礼を告げ、お茶を一口啜《すす》ってカップを置いた。膝の上の両の拳をかたく握り締める。

「……ヴァイオレット、今日は時間を取ってくれてありがとう。挙式の準備で忙しかったでしょう？」

「ううん、私はほとんどなんにもしていないの。クリスタルと遊ぶか勉強くらいで……。クレアとずっとお喋りしたかったのよ」

クレアは返事もせずに目を落としたままた。

「クレア、どうしたの？　今日のあなた、様子がおかしいわ」

「……ヴァイオレット」

ようやく顔を上げ照れ臭そうな目でヴァイオレットを見つめる。

「あのね、私、好きな人がいるの」

「ええっ⁉」

思い掛けない告白に思わず声を上げてしまった。

クレアは伯爵家出身の令嬢で、五つ上に兄がいると聞いている。伯爵家の嫡男で次期当主となるはずであり、優秀で将来を嘱望されていると聞いた。宮廷では外務大臣の秘書を務めているのだという。

クレアの思い人はその兄の幼馴染《おさななじ》みらしい。やはり宮廷で裁判官の補佐になったばかりなのだとか。昔から実家にたびたび遊びに来るだけではなく、宮廷でクレアによく声も掛けてくれるのだという。

ヴァイオレットは待てよと首を傾げた。

「でも、クレアって婚約者がいたでしょう？　もうすぐ結婚するって……。その人とは違う人なの？」

しかも、相手は侯爵家の嫡男であり、クレアの婚約は玉の輿だと言われていたのだ。

クレアは数分間沈黙していたが、ようやく重い口を開いた。

「ええ、違う人よ。叶うことのない恋だってわかっているの。でも、苦しくて……悲しくて……誰かに告白したくて……」

気持ちを伝えたかったのだが、その人を困らせたくはない。だが、一人胸に秘めるのが辛かったのだという。

「ヴァイオレットにならわかってもらえるかもしれないって思って……」

「クレア……」

ヴァイオレットは長椅子の席をクレアの向かいから隣に移した。いつかアデレイドがしたくれたようにその両手を包み込む。

「打ち明けてくれて嬉しいわ。あなたに信頼されているんだって思えたから」

クレアの直感通りヴァイオレットは彼女の気持ちが理解できた。つい最近まで自分もレナードに片思いをしていたのだから。

「その人のどんなところが好きなの？」

「優しいところと器用なところ」

クレアは兄とは年が離れてはいるものの、幼い頃から仲が良く互いの部屋を訪ね、思い人を交えてチェスやカードゲームに興じることもよくあったのだそうだ。その時の記憶が蘇ったのか、微笑みを浮かべて目を閉じる。

「私、昔からきかん気が強くて、負けるとすぐに泣いたのね。だから、彼はいつも手加減して負けてくれたの。今だってゲームをするといつもそうよ。もうあんなことで涙を流したりはしないのに」

婚約者は地位も身分も財産もあり、夫としては申し分の無い相手である。だが、どうしても愛せないのだと項垂《うなだ》れた。

「こんなの我が儘だとわかっているわ。どうして人の心は思い通りにならないのかしら……」

ヴァイオレットは慰めの言葉を掛けようとしたが、何も思い浮かばず唇を嚙み締めた。

(何を言ったってクレアが虚《むな》しくなるだけだわ)

なら、自分にはそっと寄り添うだけことしかできない。

クレアはヴァイオレットの肩にそっと頭を預けた。

「ごめんなさいね。こんなこと打ち明けちゃって」

「いいのよ」

「……誰にも言わないでいてね?」

「もちろんよ」

その後、ヴァイオレットはクレアを彼女の部屋まで見送ろうとしたのだが、クレアは「ごめんなさい。一人で戻りたいの」と断った。

「一人で色々考えたくて。……今日は時間を取ってくれてありがとう」

ほっそりとした背を眺めながら、ヴァイオレットはクレアの恋がいずれいい思い出になってほしいと願った。

ところが、その告白からわずか一週間後、大規模な捕り物劇によって、クレアは婚約や切ない恋心どころではなくなった。

軍隊が密輸の主犯八名に加えて、国内の売人から顧客、一度でも麻薬に手を出した人物を一斉検挙したのである。

なんの前触れもなく王宮や領地の屋敷、王都の別邸に軍隊が押し入り、呆然とする容疑者らを後ろ手にして縄を掛けた。

容疑者には宮廷の公職に就く貴族のみならず、貴公子や令嬢も少なくはなかったので、宮廷は当然大混乱に陥った。そして、容疑者の一人にクレアの兄が数え上げられ、当日逮捕されたのだ。

——ヴァイオレットはレナードが軍隊や密偵に命じ、密輸犯や売買ルートを捜査させていたのは知っていたが、一斉検挙することまでは聞いていなかった。

レナードは入念に計算、準備をして、容疑者全員が逃げられない一日を狙い、万が一の事態を考えて、情報を漏らすのは最低限にしていたのだろう。

一斉検挙とその後の家宅捜索により、軍隊は有り余るほどの証拠を手に入れた。

密輸犯の中には黙秘を貫く者もいたが、守らなければならない家族のある者は、自白した方がまだいいと判断したのだろう。容疑者らの証言により、ディジョンとの繋がりや、国をまたいでの陰謀が明らかになり、ディジョンとの貿易は停止、いくつかの条約は破棄された。

水面下で大陸の他国と協力態勢を敷いていたようで、この動きはフェイザーのみならず他国にも及び、ディジョンは外交的に孤立し、不利な立場を強いられることになった。

結果、もともと現国王に不満を抱き、廃嫡された前国王の王太子を担ぐ貴族の一派が、クーデターを起こし元王太子とともに王位を奪還。現国王は呆気なく廃位され、新たな国王が即位することになった。

麻薬の国際的な汚染は食い止められ、ディジョンは国としてあるべき姿に戻り、一見、すべてがうまくいったはずだった。

ただヴァイオレットはその流れについていけず、クレアの今後を考え呆然としていた。

――一斉検挙から約二週間後、麻薬取引や売買に関わった貴族らの家族、親族が慌ただしく王宮を去った。

いくら連座制にならないとはいえ、貴族の世界とは血統への信頼で成り立っている。その信頼が一度地に落ちた以上、図太く働き続けるのは難しかったのだろう。

クレアも宮廷を辞した一人だった。

その日クレアは裏口前で一人、実家からの迎えの馬車を待っていた。

クレアは伯爵家出身なので、本来なら表門から出入りできるはずだ。だが、兄が逮捕された以上、人目に付くのは避けたかったのだろう。

ヴァイオレットは見送るべきかどうか迷ったのだが、王宮では一番の仲良しである。

(もしかしたら、二度と会えないかもしれない)

ヴァイオレットにとってクレアは同僚であるだけではなく、生まれて初めてできた同性で同年代の友人だった。だから、どうしても最後に一度会いたかったのだ。

裏口前にたった一人でぽつんと佇むクレアに、彼女らしい気位の高さや気の強さは窺《うかが》えない。ただ寂しそうで悲しそうに見えた。

「クレア……」

ヴァイオレットが恐る恐る声を掛けると、クレアは振り返って「ヴァイオレット!」と嬉しそうに笑った。

「見送りに来てくれたの?」

「うん、そう」

「……嬉しいわ。もう皆私にそっぽを向くから」

兄が犯罪者となったことにより、クレアは侍女を辞する羽目になっただけではなく、婚約を破棄されてしまった。今後はどうなるのかわからないのだという。

「……殿下を恨んでいないの?」

今回の手柄はレナードのものだと、宮廷中で噂になっている。クレアが知らないはずがなかった。

クレアは「まさか！」と声を上げて笑った。

「うん、それは嘘かしら。ちょっとだけ恨んではいるかもしれない。でも、私たちも悪かったなって思って……」

クレアの兄は一年前に婚約者を亡くして以来、大分気落ちしていたのだそうだ。だが、最近になって元気になってきて、クレアの両親もクレアもほっとしていた。

「あれって麻薬の効果だったのよね。……仕事なんてさせずに実家に連れ戻せばよかった。でもね、お父様もお母様も私もそうしなかったの」

外務大臣の秘書になれる機会は貴族といえどそう滅多にない。成果を上げれば次期外務大臣となる可能性も出てくる。だから、クレアの兄が癒やしきれない悲しみから、目を逸らしていたのではないかとクレアは語った。

「……私たち家族なのにね」

ヴァイオレットが何も言えずに黙り込む間に、クレアの実家のものらしき馬車が到着する。

クレアは従者に促され馬車に乗り込んだ。最後に「じゃあね」と笑って手を振る。

――それがクレアの姿を見た最後だった。

苦い思いでクレアと別れた夜、ヴァイオレットは一人でいるのが耐え切れずに、ベッドに寝そべっていたクリスタルに手を伸ばした。

生き物の温もりとモフモフに触れ、クレアとの別れの痛みを癒やしたかったのだ。

クリスタルは大歓迎とばかりに、体を擦り付けて喜んでくれた。

「みゃぁあ。ああん、なぁあん」

レナードの姿は室内にはない。まだ公務が終わっていないのだろう。

いつもならすぐに猫じゃらしなどの玩具《おもちゃ》を取り出し、クリスタルが疲れ果てるまで遊んでやるのだが、今日はそんな気力もなく溜め息を吐く。

クリスタルが「どうしたの？」、とでも言うように首を傾げた。

「……クリスタル、心配してくれているの？」

ヴァイオレットの言葉を理解したのか、あるいは気紛れだったのか、ヴァイオレットの隣にちょこんと腰を下ろした。

「ありがとう。あなたはいい子ね」

よしよしと頭を撫でてやると、気持ちよさそうにゴロゴロと喉を鳴らす。

「ねえ、話を聞いてくれる……？」

ただ黙って話を聞いてくれればそれでよかった。人間なら相槌《あいづち》を打ったり、途中で自分の意見を述べたりするだろうが、猫ならそうした心配もない。

ヴァイオレットの頼みを聞いて何を思ったのだろうか。クリスタルが喉を鳴らすのを止めた。

明るく青い目でヴァイオレットをじっと見つめる。

「あのね、クレアは初めてできたお友だちだったの。初めて会った時には、小さな頃にお母様が話してくれた、お伽噺のお姫様みたいだと思ったわ。それくらいドレスが似合っていて綺麗だった」

仲良くなったあとには、意地悪から一転して面倒見がよくなり、貴婦人や令嬢間で流行中のドレスや髪型、宮廷の噂話などを教えてくれた。レナードの婚約者となった時にも、不安がるヴァイオレットを何かと励ましてくれた。

「だから、いつかお返しをしなくちゃいけないと思っていたんだけど」

その時のクレアの表情を思い出し、ついくすくす笑ってしまう。

「私がレナード様と結婚しても、クレアが結婚しても、ずっとお友だちでいたいと思っていたの」

クリスタルはヴァイオレットから目を逸らさない。何もかも理解しているとでもいうかのような、落ち着いた瞳に思わずまた笑う。

「あなた、私の言葉がわかっているみたいね」

再びクリスタルの頭を撫でた次の瞬間、その背の上にぽつりと涙が一滴落ちた。

「ど……して？」

（どうしてこんなことになってしまったの？）

悲しみが涙となって零れ落ち、白く滑らかな頬を濡らす。

「……っ。……っ」

「みゃぁぁああ……」

声もなく泣き続けるヴァイオレットに、クリスタルが柔らかな体を擦り付けた。

「なぁぁああん。ああん。うにゃにゃにゃにゃにゃ」

猫が体を擦り付けるのも、頭突きをするのも愛情表現の一つだ。

「クリスタル……」

猫に慰められているのかと思うと、次第におかしくなってきた。

「……ありがとう。優しいのね」

寝室の扉が数度小さく叩かれたのは、クリスタルが再び膝に飛び乗った時のことだった。

「ヴァイオレット、部屋にいるのかい？」

低く艶やかな声を聞きビクリとする。

「入ってもいいかい？」

否と返すはずがなかった。

「もちろんです、お入りください」

レナードはすでに入浴を済ませたらしく、ガウン姿となっていた。湯に濡れた金髪がキラキラ輝いて、室内のランプの明かりを反射し、二つとない白皙の美貌を彩っている。

サファイアブルーの双眸が膝の上のクリスタルに向けられる。

「おやおや、クリスタルは相変わらず君が大好きだね」

ヴァイオレットは慌てて笑顔を作った。

「……そんな、レナード様には敵いません」

「いいや、私は公務でなかなか相手をしてやれないからね。クリスタルたちからすれば実質的な飼い主は君だろう」

レナードはヴァイオレットの隣に腰を下ろし、クリスタルの顎の下を撫でた。

「クリスタル、季節が変わる前に、一度綺麗に洗わなくてはならないな。もちろん、君だけではない。ジェイドもアンバーもだ」

まさか、レナードの言葉の意味を理解したわけではないだろうが、クリスタルが「みゃっ⁉」と奇妙な鳴き声を上げた。じりじりと後ずさり一瞬の隙をついて、ベッドから飛び下りてしまう。

「な、なんだか話が通じているみたいですね……」

レナードがくすくす笑いながら「その通りだ」と頷く。

「ジェイドとアンバーはわからないが、クリスタルは理解していると思うね。あの子はとりわけ賢いし記憶力も優れているから」

「そう……なんですか？」

「君の前ではわからない振りをしているかもしれないな。それこそ猫を被っているのだと思うね」

冗談なのか本気なのか判断できない口調だった。レナードのその口調のままヴァイオレットの肩に手を回す。

「さて、ここから先は人間たちの時間だ。君がこの時間に部屋にいるのは久しぶりだね。……何かあったのかい？」

「えっ……」

レナードの勘の良さにギクリとする。

「も、申し訳ございません。どうしてもクリスタルたちに会いたくて……」

理由までは打ち明けられなかった。クレアの兄の件を説明することになり、本当に約束を破ることになってしまうからだ。

しかし、さすがはレナードと言うべきなのか。優しい眼差しのまま、だが逸らさずにヴァイオレットに問い掛ける。

「それは構わないのだが、なぜ泣いていたんだい？」

「……それは」

「クレア嬢が彼女の兄上が逮捕されたことで、シャーロットの侍女を辞さなければならなかったからかい？」

驚きのあまりどうしてという言葉すら出てこなかった。

レナードの目が痛ましげに伏せられる。

「クレア嬢の兄上が麻薬を購入していた件は、本格的な捜査が開始される前からわかっていた。……密告があったからだ」

密告者はクレアの上司の外務大臣だったのだという。

「時折麻薬の香りを漂わせていたと証言していた」

麻薬は一度中毒に陥ると、自分一人の力で立ち直るのは難しい。医師による専門的な治療が必要になる。気が引けはしたものの、そう考えクレアの兄のためにも、結局密告する道を選んだのだとか。

「クレアの兄上は逮捕以来、泣き通しだそうだよ。家族に申し訳ないとね。だが、自殺はできないのだとも」

病死した婚約者の最後の願いが、「あなたは命の限り生きて」だったからだと。

「そう、だったんですか……」

クレアの兄が命を絶たなくてよかったと思う。そんな事態になればクレアがますます苦しむことになっただろう。亡き婚約者のためにも、これから先がある家族のためにも、いつか立ち直ってほしかった。

言葉にはしなかったのに、レナードは心境を察してくれたらしく、優しく髪を撫でてくれた。ヴァイオレットもレナードに身を預ける。

「クレアのお兄様はどうなるのでしょう……」

「逮捕されてしまったからな。禁固刑は間違いない。ただ、密輸に関わっていたわけではなく、使用期間もそれほどではないから、せいぜい一、二年というところだろう」

せいぜい一、二年とは言っても、執行猶予でも世間の目は厳しいのに、実刑となると事情が更に変わってくる。

恐らく、クレアの兄は実家の伯爵家から廃嫡されるだろう。そうしなければ残された家族の生きる道がないからだ。となると、婚約破棄されたクレアが婿を取り、その婿が家を継ぐのが一般的なのだが、犯罪者を出した家に果たして婿入りしたい男性がいるのか――

クレア自身は何一つ悪くないというのにと唇を噛み締める。

「どうして、こんなことに……」

再び涙が込み上げてくる。

なぜクレアの兄は麻薬に手を出したのか、なぜディジョンの前国王はそんなものを広めようとしたのか、そもそもなぜこの世に麻薬などと言うものがあるのか、悔しくて悲しくてたまらない。

クレアと彼女の家族以外にも、一体何人の人生が狂わされたのか――

「……っ」

気が付くと頬をつぅと涙が辿り、嗚咽《おえつ》が喉の奥から込み上げてきた。

「ヴァイオレット……」

「レナード様……」

レナードがそっと抱き締めてくれたが止まらない。広く厚く逞しい胸に包み込まれると、心を切り裂く悲しみが一層際立った。

辛くて、苦しくて、助けを求めてレナードの背に手を回す。レナードの上着が濡れるほど泣いた後で、ヴァイオレットは「……助けてください」と涙ながらに乞うた。

「今だけでも……ほんの一時でいいから、何もかも忘れたいんです」

そうすればまた明日から頑張れる。現実に立ち向かえると訴える。

レナードは小さく頷きヴァイオレットの髪に口付けた。

「ヴァイオレット、君は優し過ぎる。人のために傷付いてばかりでは、いずれ自分がすり減ってしまうよ。……だけど、それはきっと尊いことなんだろうね」

ヴァイオレットを腕に抱き上げベッドへ向かう。

ヴァイオレットはシーツの上に横たえられながら、今夜はレナード以外何も考えられぬよう、愛しいサファイアブルーの双眸だけを瞳に映し、その体温だけを感じていようと決めた。

部屋着のドレスのボタンを外される。シュミーズを剝ぎ取られると、夜の空気が白く滑らかな肌を撫でた。

ぎしりとベッドが軋む音と同時に、ガウンを脱ぎ捨てたレナードが伸し掛かる。

「レナード様」

ヴァイオレットは手を伸ばしてレナードの頰を包み込んだ。

「今夜のキスは私からでもいいですか」

「ああ、もちろんだよ」

白皙の美貌をそっと引き寄せ口付ける。

「私……きっと罰が当たりますね。クレアが大変な目に遭ったのに、こうしてレナード様とキスできることが嬉しい……」

「なら、私もだよ、ヴァイオレット。地獄に落ちるなら一緒だ」

レナードはヴァイオレットの首筋に唇を落とした。

「んっ……」

肌を軽く吸われ声を上げる。

まだ交わりに慣れぬヴァイオレットの官能を引き出そうと、レナードの唇と手は実った二つの乳房を、巧みに、淫らに、執拗に愛撫した。

「ん……ふ」

肌が徐々に火照り、これから始まるめくるめく夜への予感に、腹の奥がきゅっと締まる。

だが、レナードの次の行動は想像も付かなかった。

不意に顔を上げたかと思うと、ヴァイオレットの両の腿に手を掛け、ぐっと大きく開いて狭間に顔を埋めたのだ。

「れっ……レナード様っ……何をっ……」

ぬるりと熱い何かが花園を掻き分け花芽を探り当てる。

「あっ……」

それが舌なのだと気付いた時にはもう遅かった。

左右に軽く弾《はじ》かれ、花芽のみならず、全身が岸に打ち上げられた魚となって跳ねる。小壺にまで及ぶ刺激に促され、蜜口から滾々と淫らな熱が漏れ出た。

「あんっ……」

かと思うと、今度は音を立てて蜜をじゅるじゅる吸われ、羞恥心に耳を塞ぎたくなる。

なのに、体は反応してますます熱くなっていくのだ。

「ああ、レナード様……」

止めてほしいのか続けてほしいのか、どちらなのかもわからない。

快感に思考も感覚も混乱し、我を忘れつつあるヴァイオレットの耳に、低く艶やかな声が届く。

「ヴァイオレット、君のここは可愛いね」

「……っ」

そもそも可愛いだのと形容されるような箇所ではない。むしろ汚いのではないかと思うのだが、レナードは花芽をじっくり舐《ねぶ》りながら、ヴァイオレットのそこを褒め称えた。

「君は自分では見たことがないのだから、わからなくても当然だね。……なら、教えてあげようか。君のこの芽は唇の色と同じ、紅水晶色をしている。春に咲く花の蕾に似ている」

その間にもレナードの責めは続く。軽く歯を立てられヴァイオレットは背を仰け反らせた。

「あっ……あんっ……」

「この二枚の花弁はもっと色鮮やかだね。小さくて、控えめで、君らしい」

舌が花唇の輪郭を辿り、最後に蜜口へと辿り着いた。

「蜜を出すこの洞は、割れた石榴《ざくろ》に似ている。ヴァイオレット、君はガーネットを見たことがあるかい？　石榴と同じ色をしている」

「……っ」

答えの代わりに首を横に振るしかない。知らないと答えたいか、いやいやと抵抗しているのか、もはや判断が付かなかった。

レナードの舌は唇と手以上にヴァイオレットを感じさせ、男を知ったその体をすっかり弛緩《しかん》させた。

ぐったりとしたヴァイオレットの上に、レナードが再び覆い被さる。そして、力なく開いた足の狭間に、猛《たけ》った分身が押し当てられた。あっと思った次の瞬間には、すでに最奥まで征服されていた。

「ああっ……」

隘路が一気に満たされる感覚に、華奢な肢体が弓さながらにしなる。

すでに初めての時のような痛みはなかったが、体積、質量ともに圧倒的なレナードの肉の楔は、ヴァイオレットの内臓を内側から押し上げ、凄まじい圧迫感を与えていた。

「あ……あ」

息を小刻みに吐き出すのがやっとだ。

「可哀想に……。君は小柄だからね。大丈夫。すぐよくしてやろう」

レナードはヴァイオレットの脇に手を突くと、大きく息を吸って腰を一気に引いた。

「……っ」

隘路に灼熱の分身が擦れる感覚に、すみれ色の双眸が見開かれる。内壁が摩擦熱で溶けてしまうのではないかと思った。

「あっ……」

レナードは最後まで引き抜こうとはせず、浅い位置でぐるりと円を描くように腰を回した。

「あっ……ひっ」

続いてぐっと奥まで押し込まれ、弱い箇所を容赦なく抉《えぐ》られる。

「やあっ……」

レナードの動きはまったく予想が付かず、ヴァイオレットは乱れ、仰け反り、喘ぐことしかできなかった。

その間にも小壺で熱され、凝った蜜が滾々と沸き出し、レナードと繋がる箇所から漏れ出てくる。

「あっ……あっ……あっ……レナード様ぁ……」

「ヴァイオレット、してほしいことはちゃんと言葉にしないと、私でもわからないよ」

「そ……んな……あっ」

ヴァイオレットもどうしてほしいかなどわからない。だが、声を上げずにはいられないのだ。そんなことはとうにわかっているだろうに、レナードはあえて言わせようとする。

「あっ……あっ……はげし……」

「さあ、どうしてほしいんだい、ヴァイオレット？」

ズンと中を突かれ一瞬息が止まった。奥の奥まで押し入られ、焦げ付いてしまいそうなほど熱い、どろどろしたものを注ぎ込まれる。

雌としての原始的な喜びに体がぶるりと震え、絶え間ない刺激により下りてきた小壺が、閉ざされていた入り口を開きすべてを呑《の》み込《こ》もうとする。

「ああ、レナード様ぁ……」

レナードは一度欲望を吐き出してもまだ足りず、貪欲にヴァイオレットを抱くつもりらしい。右の乳房をぐっと揉《も》み潰しながら、劣情に染まったサファイアブルーの双眸で、涙に濡れるすみれ色のそれを見下ろした。

「さあ、ヴァイオレット、いい子だ……もう一度、何をしてほしいのか言ってご覧」

「もっと……もっと、して……」

「もっと大きな声で」

弱い箇所をぐりぐりと刺激され背を仰け反らせる。

「もっと……もっと激しく、して……。言葉すら、忘れてしまうくらい……」

形のいい、薄い唇の端がわずかに上がった。

「そうだ、ヴァイオレット、よく言えたね」

ずるりと灼熱の肉楔を引き抜かれる。

「あっ……」

蜜と白濁の入り交じったものが、虚《うつ》ろになった蜜口から零れ落ち、シーツに淫らな染み

を作った。

「ヴァイオレット、君はいけない子だね。私たちの愛の証を、こんなに零してしまって」

「……っ」

羞恥心で反論すらできない。涙目でレナードを見つめると、レナードは微笑みを浮かべて愛おしそうに頬に口付けた。

「だが、大丈夫だ。すぐにもう一度注ぎ込んであげよう。熱くて何も考えられなくなるくらいに」

汗に濡れ、ヴァイオレットと同じだけの熱を持った、レナードの肉体が覆い被さる。かたく大きく猛った分身が、再び蜜口にあてがわれたかと思うと、隘路を貫き最奥にまで押し入った。

「……っ」

最奥を灼熱で蹂躙《じゅうりん》され、声にならない声が上がる。小刻みに震える白く小さな右手が力なく上げられ、宙を摑んだが、間もなくぱたりと落ちた。

これ以上声も上げられない。体を動かす気力もない――しかし、直後に繋がったままぐっと背を抱き起こされ、ベッドの上に胡座を搔いたレナードの上に腰を乗せられた。

「あっ……」

大きく開かれた足が引き締まった腹部に回される。

真下から一気に深々と貫かれ、一瞬、串刺しにされたのではないかと思った。
「……っ」
また奥があるのだと思い知らされる。
激しい心臓の鼓動で揺れ動く豊かな乳房が、厚い胸板に押し潰されてひしゃげた。
「れ、レナード様ぁ……」
レナードは名を呼ばれるが早いか、ヴァイオレットの細腰を摑んで上下に揺らした。
「あっ……あっ……んっ……ひっ……」
リズムに合わせて喘ぎ声が漏れ出る。肉楔で胎内を掻《か》き混ぜられると、繋がる箇所から
ぐちゅぐちゅと音が立ち、耳と体の中で感じる淫らなその響きに酔《よ》い痴《し》れた。
もう体からすっかり力は抜け落ちており、ただレナードに身を任せていたのだが、揺さ
ぶられて不意に落とした目に、繋がる箇所が入って我に返る。
レナードの分身をまだはっきり見たことはなかった。赤黒く、存在感のあるその逸物《いちもつ》は、
衝撃的なほど生々しく、白濁を纏《まと》わり付《つ》かせて自分の中に出入りするさまは、いやらしい
どころではなかった。
「いやあっ……」
涙を散らしながら首をいやいやと横に振る。その拍子に体がきゅっとレナードの分身を
締め付けてしまった。

「……っ」

白皙の美貌が快感に歪められる。

「くっ……」

二度目の熱い迸りがヴァイオレットの中に注ぎ込まれる。

「あ、ああっ」

早く終わってほしいという切望と、もっと続けてほしいという、相反する欲望が入り交じる。

もう、クレアも、クレアの兄上も、その家族も、麻薬についても何も思い出せない。レナードの熱以外感じられなくなっていた。

再び腰をぐっと摑まれ、今度は体ごと持ち上げられる。

「な……にを……」

直後に、肉楔の上にパンと音を立てて落とされ、一気に最奥まで貫かれた。

「……っ」

快感と衝撃で頭が真っ白になる。額からつぅと汗が一滴零れ落ち、虚ろになったすみれ色の片目に入ったが、それを不快だと感じる余裕すらなくなっていた。

何度もそれを繰り返されるうちに、記憶だけではなく、意識すら曖昧になっていく。

肉人形となったヴァイオレットを、レナードはなおも貪欲に苛《さいな》んだ。

「あ、あ……レナード様……。……あ」

「ヴァイオレット、まだ話せるのかい。儚げに見えて随分としぶといね」

もう何度目になるのかわからない劣情を、熱と蜜と白濁でどろどろになった胎内に吐き出す。最後には意識と無意識の境目すら曖昧になり、いつ眠りに落ちたのかもわからなかった。

第五章　レイとレナード

麻薬に手を染めた貴族らが宮廷から去ると、一時期は奇妙な喪失感と違和感が漂った。

だが、人員が補充されて一週間もすると、事件を一刻も早く乗り越え、日常を取り戻そうという意識が働くのだろう。まだ手探りではあったが、落ち着きを取り戻しつつあった。

ある晴れた日の午後、ヴァイオレットはシャーロットに、二人だけで一緒にお茶をしようと誘われた。

二人きりということは、誰にも話したくないことがあるのだろう。

二つ返事でシャーロットの私室を訪ねると、すでに窓辺のテーブルの上に、スコーンとクロテッドクリームとマーマレード、ハムとチーズとキュウリのサンドイッチ、一口サイズのケーキやローストビーフが並べられていた。お茶のポットからは湯気が漂っている。

「いらっしゃい、ヴァイオレット。さあ、腰を下ろしてちょうだい」

ヴァイオレットは「ありがとうございます」と頭を下げ、すっかりレディらしくなった優雅な所作で、向かいの席にゆっくりと腰を下ろした。

シャーロットが目を細めてヴァイオレットを見つめる。

「あなた、侍女になったばかりの頃と比べて随分変わったわね」

「そうですか？」

「ちゃんと私の目を見るようになった。何より、大人びて綺麗になったわ」

ヴァイオレットにとっては最大の賛辞だった。

「あ、ありがとうございます……」

照れ臭くなってつい顔を伏せると、シャーロットは「恥ずかしがり屋なのは相変わらずね」と微笑んだ。

「でも、それもあなたのいいところだから。人間は謙虚なところがなければ成長もないもの」

手ずからお茶を注いでくれる。

「あっ、私がいたします」

「いいのよ。今日は私に給仕させてちょうだい。毎日傅《かしず》かれてばかりだと肩が凝るの」

と言われるとさすがに手出しできない。

シャーロットは慣れた手つきでお茶を入れ、「さあ、どうぞ」と、ヴァイオレットにソーサーに載ったカップを手渡した。

ヴァイオレットは早速お茶に口を付け、思わず「……美味しい」と呟く。

「とっても美味しいです、シャーロット様」

正直、専門のメイドが入れるよりよほど美味しい。

シャーロットは「そうでしょう?」と微笑み、目を細めて窓の外に目を向けた。

「亡くなったお母様に教えてもらったのよ。……あのね、あなたに話しておきたいことがあるの。お兄様のことよ」

レナードの件と聞いて、瞬時に背筋が伸びる。

シャーロットは視線を戻して語り始めた。

「亡くなったお母様の母国は一応王国だけど、グラース公国よりもまだ小さな国なの。小さな島国で特産物はお茶だけ。でも、海路の要所にあった国だったから、貿易の協定を結びやすくするために陛下に嫁いだそうよ。まだ十七歳だったたって聞いている」

「十七歳で……」

亡き王妃はヴァイオレットより若くして、大国に嫁いだのだと知り尊敬が胸に満ちる。

「亡くなる前にフェイザーの王都に到着した時には、目と頭がクラクラしたって言っていたわ。私みたいな小国の王女に、こんな大国のお妃様が務まるのか不安だったとも」

亡き王妃が嫁いだばかりの頃には、社交界では田舎者と馬鹿にされがちだったのだそうだ。当時存命だった姑《しゅうとめ》に当たる王太后は気位が高く、小国の王女である嫁を気に入らなかったので、何かと嫌みを言われ苦労したのだという。

「でも、お兄様がお生まれになると待遇が一変したみたい。お兄様って神童と名高かったから……」

レナードはなんと三歳で五ヶ国語を操るようになり、十歳で帝王学を修め、十二歳には政治に参加し手腕を発揮した。

「だけど、私はこの通り平凡だから、コンプレックスがあったわ。お母様に似ていたからか、社交界デビューしたての頃は、期待外れの王女って馬鹿にされて……。でも、お兄様が睨みを利かせてくれたから、すぐに陰口を叩かれることはなくなって、お母様みたいに苦しまずに済んだ」

シャーロットは一端口を閉ざして溜め息を吐いた。

「……お兄様には感謝しているの。家族として愛しているわ。でもね、私、お兄様が何を考えているのか、この十八年ほとんどわからなかった」

レナードはシャーロットだけにではなく、国王にも、もう一人の育ての親である乳母にも自分の胸のうちを打ち明けず、感情を露わにしたことも一度もないのだという。

「いつも微笑んでいるけれど、お兄様だって人間でしょう？　辛いことや悩みがないはずがないの」

レナードの周りには常に信奉者が集まっている。男性としての魅力や財力に魅せられた貴婦人や令嬢、政治、経済、外交の才能や権力に魅せられた貴族——

「だけど、お兄様には対等だと言える相手はいなかったと思うの。でもね、あなたが現れて、お兄様、やっと変わってきたのよ」

「えっ……」

シャーロットはお茶を一口飲んで首を小さく傾げた。

「どんな魔法をお兄様に掛けたの？　ヴァイオレットが私の侍女になってから、仕事で苦労していないか、暮らしに不自由していないか、お兄様はしょっちゅう私のところに聞きに来たわ。あれはあなたが気になって、様子を見に来ていたからなのよ」

「ええっ……」

てっきりシャーロットと兄妹仲がいいからだと思い込んでいた。

「最近ではお友だちを失くして、元気のないあなたが心配なんでしょうね。なんとかクレアと連絡を取ろうとしているみたいよ。あなたと連絡を取ってやってくれって」

シャーロットは悪戯っ子のような表情で顔を覗き込む。

「そうね……ここまで白状したのだからもういいかしら。実はね、あなたを私の侍女に推薦したのはお兄様なのよ」

次々と明かされる思い掛けない事実に、ヴァイオレットは声すら上げられなくなっていた。

「レナード様がですか……？」

「ええ、そう。侍女はもう足りていたの。なのに、〝一人どうしても入れたい令嬢がいる〟って、熱心にあなたを褒めてね。きっとその令嬢が——あなたのことが好きだからなんだと思って。私、お兄様の人間らしいところが見られてちょっと嬉しかったのよ」

侍女として仕えて半年目の贈り物を奮発したのは、その礼も兼ねていたのだという。

「あなたを偽婚約者に仕立て上げるってなった時にも、まあ、回りくどい手法を使うことと笑っちゃったわ。ねえ、ヴァイオレット、王宮へ来る前、お兄様とはどこで出会ったの？　お兄様はまったく教えてくれないのよ」

「申し訳ございません。私、覚えがなくて……」

「あら、お兄様も可哀想ね。好きな子に顔も覚えてもらえていなかっただなんて」

(レナード様が私を侍女に推薦した？)

混乱し、気持ちを落ち着けようとお茶を一口飲む。

水面に映る自分の顔が揺れ、なぜかそこに幼い頃の自分の姿が重なった。

ということは、シャーロットが想像するように、レナードは王宮に来る前から自分を知っていたことになる。

だが、ヴァイオレットにレナードと知り合った記憶はない。十歳になるまでは誰にも構われずに独りぼっちで遊んでいたし、十四歳から十七歳まではラッセル領の屋敷に軟禁されていたのだ。父のウォルターと召使い以外には声すら聞いていない。

それからシャーロットとは他愛ない お喋りに興じ、頭を下げて部屋を辞したのだが、頭に何かがひっかかりすっきりしない。庭園に咲く花々でも見て、気を紛らわそうと足を伸ばした。

ちょうどライラックが咲きかけらしく、植え込みにところせましと薄紫の花が咲いている。この色も故郷のヒースを連想させるので、ヴァイオレットの好きな花の一つとなっていた。

（ヒース……？）

その花の名に心が揺り動かされる。

いつかのレナードの台詞が脳裏に浮かんだ。

『君はヒースの色が大好きだと言っていただろう？　あいにく、ヒースはなかったから、同じ色の薔薇にしてみたんだ』

「……！」

まさかと口を押さえる。

たった一人若い男性と、十歳から十四歳まで、年に二度に過ぎないが、温かい触れ合いの記憶があった。

（レイさん……？）

レイの右だけのサファイアブルーの瞳を思い出す。同時に、ヒースの花畑で何度も会い、楽しい日々を過ごしたことも。ヴァイオレットはレイにいつも、「花はヒースが一番好き」と語っていた。

（そう、そうよ。私がヒースの花が好きだって知っているのはレイさんだけだわ）

レイの顔立ちをよく覚えていないのは、顔の四分の一が眼帯で覆われており、顔立ちや表情が口元以外わかりにくかったからだ。しかし、サファイアブルーの右目だけは記憶していた。

王宮でレナードに出会った際、すぐに淡い想いを抱いたのは、レイへの懐かしさからだった。

（ううん、懐かしいだけじゃないわ。よく撫でてくれるのも同じで……）

ほっとする大人の男性の大きな骨張った手――

（どうして気付かなかったの。レナード様の手はレイさんと同じだったんだわ）

レイがレナードだった――出会って七年目にして判明した事実に愕然《がくぜん》とする。

（じゃあ、クリスタルはクリスなの？）

ならば、なぜレナードは何も打ち明けてくれないのだろう。なぜ行商人の振りなどしていたのか、なぜシャーロットの侍女に推薦したのか。

新たに現れたいくつもの謎に再び頭を抱える。

（レナード様に……お聞きしなくちゃ）

こんなモヤモヤとした気持ちを抱えたまま結婚などできなかった。

その夜ヴァイオレットはナードと話をしようと、クリスタルたちの相手をしつつ部屋で待ち構えていたのだが、レナードは時計の針が十二時を回り、日付が変わっても姿を現さなかった。

（公務が長引いているのかしら？）

レナードは昨今の王族には珍しく、割り当てられた執務を臣下に任せず、可能な限り自分の目を通そうとする。就寝が遅れるのは珍しくはなかった。

（仕方がないわね。明日にしようかしら）

膝の上で惰眠を貪るクリスタルの背を撫でる。

「……ねえ、クリスタル、あなたは私が拾ったクリスなの？　レナード様はレイさんなの？」

クリスタルはゴロゴロ喉を慣らすばかりだった。

「あなたも人間みたいにお喋りができればいいのにね……」

結局、一時に自室に戻り、ベッドに潜り込んだのだが、眠れる気がせず、ランプに火を灯した。

図書館で借りた本を机の引き出しから取り出し、椅子に腰を下ろしてページを捲《めく》る。

何者かが部屋の鍵を回す音がし、扉がゆっくりと開けられたのは、新たな章に入った頃のことだった。

「だ、誰……!?」

身を引き攣らせ、息を呑んで振り返る。

――気の利くメイドのメアリーだった。

「め、メアリー？　こんなに遅くにどうしたの？」

「もっ……申し訳ございません。起きてらっしゃったんですか……」

メアリーを初めとする王族付きのメイドたちには合鍵を渡してある。ただし、深夜の火災などの万が一の事態に備えてであり、合鍵はメイド長が厳重に保管していたはずだった。

だから、ヴァイオレットは一瞬、火災でも起きたのかと慌てたのだ。

「どっ……どうしたの？　火事でもあったの？」

「い、いいえ、違うんです」

メアリーはほのかなランプの灯《あか》りでもわかるほど、真っ青になって首を横に振っている。

「申し訳ございません。王宮の火事なんかじゃありません」

「じゃあ、どうしてこんな真夜中に……」

「廊下からヴァイオレット様のお部屋に、火が揺れているのが見えて……。てっきりランプを倒して、火事になったのかと勘違いして……」

「そうだったの……」

ほっと胸を撫で下ろす。

「紛らわしい真似をしてごめんなさい。眠れなくて本を読んでいたの。すぐに消すから安心してちょうだい」

「はい、本当に申し訳ございませんでした」

メアリーは何度も頭を下げ、そそくさと扉を閉めると、廊下の向こうに姿を消した。

（もう寝た方がいいわよね。メアリーにこれ以上迷惑を掛けられないし……）

ランプを消し再びベッドに潜り込む。

瞼を閉じて数分後、やはり眠れず寝返りを打ったのだが、ふと違和感を覚えて眉を顰めた。

（メイド長がそんなことくらいでメアリーに合鍵を渡すかしら？　メアリーだって私の部屋で火事だなんて思う？）

メイド長もメアリーもメイドは皆、ヴァイオレットの趣味が読書なのは知っている。眠りが浅くよく深夜に目覚め、暇に任せて本のページを捲ることも――

深夜に読書をしていたのもこれが初めてではない。なのに、今日に限ってメアリーはヴァイオレットの部屋を訪ねた――いいや、無断で入ろうとしたのだ。

「……」

ヴァイオレットは枕を抱き締め溜め息を吐いた。

（人をそう簡単に疑ってはいけないわ。メアリーはよく気が付くメイドだから、ちょっと心配になったのかも知れないし……。私もなんの理由もないのに不安になることはあるもの）

暗闇に意識が徐々に溶け込んでいく。

（そう、そんなことより、明日、レナード様にちゃんと聞かなくちゃ……）

十分後、ヴァイオレットは夢の世界に身も心も任せていた。


翌日の朝、ヴァイオレットはレナードが公務を始める前に、「今日の夜、時間を取ってください」と頭を下げた。

「大切なお話があるんです」

「大切な話？　なんだろう。だけど、済まない。断言はできないが、今日も帰りは遅くなるかもしれない」

あと二ヶ月で挙式、披露宴だというのに、レナードは日々激務で、なかなか二人きりになる時間がない。

だが、多忙なら仕方がない。自分の我が儘よりも公務が大事だと、がっかりしつつも「わかりました」と頷く。

「急ぐわけではないので……。お時間ができたら教えていただきますか」

「ああ、もちろんだよ」

レナードは笑顔で頷きヴァイオレットの髪に手を埋めた。

（……やっぱりレイさんの手だわ）

手の形だけではなく撫《な》で方も同じだった。懐かしさと愛おしさで胸が一杯になる。

「ヴァイオレット、私も一つ聞きたいことがあるんだ」

「はい、なんでしょう？」

猫のように目を細めてうっとりヴァイオレットに、探るような目付きのサファイアブルーの双眸が向けられる。

「近頃、身の回りで何か変わったことはなかったかい？」

「変わったこと……？」

昨夜のメアリーの深夜の訪問を思い出す。

とはいえ、何かされたわけでもないし、メアリーが叱られることになっても可哀想なので、「いいえ」と首を振って否定した。

「特に何もありません」

「……そうか。ならいいが、ヴァイオレット、いいかい。少しでも気になることがあったら、すぐに侍女たちに言うのだよ」

「……？　かしこまりました」

何があったのかと首を傾げつつレナードと別れる。

宮廷に蔓延《はびこ》っていた麻薬は一掃されたはずだし、手を染めていた者たちも片端から逮捕されている。心配事はもうないはずなのだが――

不思議に思いつつも寝室へ戻ると、またもやクリスタルが忍び込んでおり、扉を開けた途端、待っていましたとばかりに身を擦り寄せてきた。

「みゃぁぁあああ……なぁぁあああん。ああん」

「クリスタル、元気だった？」

柔らかな体を抱き上げ長椅子に腰掛ける。

「今日は何をして遊ぶ？　ネズミの玩具はもう飽きちゃったわよね。ああ、そうだ。皆、箱が大好きでしょう。それを使ってかくれんぼをしましょうか」

クリスタルと一緒に過ごしていると、あまりに楽しいからか、時が過ぎるのを早く感じる。はっと気付いた時にはもう正午近くになっていた。そろそろ昼食を取らなければならない。

「ヴァイオレット様、失礼いたします」

声とともに扉が数度叩かれ、続いてメアリーの声がした。

「お食事をお持ちいたしました。クリスタルのおやつも……」

「ああ、ありがとう。入って」

メアリーが台車を押しつつ中へ入る。なぜか、キョロキョロと辺りを見回した。

「どうしたの？　何か探し物？」

「い、いいえ。申し訳ございません。ヴァイオレット様のお部屋に入るのが久しぶりで……」

テーブルの上に手早く昼食を並べていく。

焼かれたばかりのミートパイの香りが部屋中に広がった。

「あら、今日はミートパイなの？　サンドイッチだと聞いていたけど」

メアリーの背がびくりと震える。

「は、はい。ハムを切らしたので、急遽《きゅうきょ》変更になって……」

「私、ミートパイも大好きよ。メアリーは？」

「え、ええ。私も好きです……」

今日のメアリーはどうも歯切れが悪い。メイド長に叱られでもしたのだろうかと首を傾げる。

デザートは一口サイズのスコーンに、ラズベリージャム、クロテッドクリームが添えられたものだった。クロテッドクリームはヴァイオレットの好物の一つだ。食欲がないときにもこのクリームだけは食べられる。

「わあ、今日の昼食は豪華ね。デザート付きなんて」

王侯貴族の昼食は朝、昼は軽いものになることが多い。午後にお茶を飲み菓子を食べる習慣があるからだ。

「どうしよう。お茶の時間のお菓子が入らないかもしれないわ」

それでも、デザートを残そうとは思わなかった。

メアリーは紅茶を最初の一杯だけ入れると、「それでは……」と逃げるように部屋を出て行った。

「メアリー、どうしたのかしら？　なんだか様子がおかしかったわね」

ひとまず、クリスタルたちに白身魚をほぐしたおやつをやる。それから、椅子に腰掛け、お茶を呑みつつミートパイを味わった。

ヴァイオレットは好きなものは最後まで取っておき、じっくりと味わう性格である。ミートパイを平らげ、いよいよデザートだと張り切った。

ところが、ヴァイオレットがスコーンを手に取り、ラズベリージャムとクロテッドクリームを塗った途端、おやつの皿に顔を突っ込み夢中だったはずのクリスタルが、突然テーブルに飛び乗り「みゃぁぁああ！」と激しく鳴いたのだ。

「クリスタル？　どうしたの？　スコーンがほしいの？」

「みゃぁぁああ！」

クリスタルはスコーンに塗られたクロテッドクリームに向けられている。

クロテッドクリームは脂肪分が多く、成猫に与えないほうがいいと聞いたことがある。

「ごめんね。これはあげられないの。今度ヤギのミルクをあげるから」

だが、クリスタルは鳴き止《や》むどころか、スコーンを奪い取ろうとすらした。

「あっ、どうしたの、クリスタル！」

クリスタルはレナードによく躾けられており、人間の食べ物をほしがろうとはしない。

なのに、なぜクロテッドクリームだけほしがるのかと首を傾げる。

クリスタルは何度かクロテッドクリームを目にしているはずだが、こうも必死になって寄越《よこ》せと迫るのは初めてだった。

「駄目よ、クリスタル、いい子だから……あっ！」

クリスタルは軽くテーブルを蹴ると、一瞬でヴァイオレットの手からスコーンを奪い、口に咥《くわ》えたまま窓辺に駆け寄った。スコーンを奪われまいとしているのか。近付くなと言わんばかりに毛を逆立てている。

クリスタルらしからぬ異様な行動に戸惑うしかなかった。今まで甘えて喉を鳴らすことはあっても威嚇したことなどなかったのに。

「クリスタル、いい子だからスコーンを返してちょうだい。あなたの体にいいものではないのよ」

一歩一歩さり気なく距離を詰める。もうすぐ手が届くというところで、クリスタルの様子がまたもや一変した。奇妙な唸《うな》り声《ごえ》を上げたかと思うと、突然、その場に倒れてしまったのだ。

「……クリスタル⁉」

クリスタルは口から泡を吹いていた。瞼は半開きになっており意識もない。

「くっ……クリスタル、どうしたの⁉」

頰を叩いたが全身が痙攣《けいれん》し、ビクリとして手を引っ込める。

猫が口から泡を吹く考え得る原因——ヴァイオレットはクリスタルたちの世話をする前、レナードの従者のシリルから、猫の飼い方を教えてもらい聞いたことがあった。誤飲、空腹、てんかん、苦いものを口にしたなど様々だった。

だが、今回の場合当てはまると思えるものがない。

空腹は有り得ないし、てんかんの持病はなかったはずだ。スコーンもクロテッドクリームもラズベリージャムも苦いものではない。

「じゃあ、どうして……どうすれば」

その時、シリルがいつか話していた、かつてネズミ取りの罠《わな》に仕掛けられていたという毒薬を思い出す。短時間で死に至る劇薬なのだという。味はないがわずかに刺激臭がするために、罠に仕掛ける際には、においの強い餌に混ぜると聞いていた。

なんの連絡もなく、サンドイッチからミートパイに変えられた昼食のメニュー。部屋中に充満するミートパイの香り、そして、最近のメアリーの不自然な態度――パズルのピースが組み合わさるかのように、ヴァイオレットの脳裏で一つの答えを導き出した。

(メアリーはずっと私を狙っていたんだわ。あの夜部屋を訪ねたのも、きっと私が眠っていたら、火事を起こして焼き殺すつもりだった)

目的はわからない。いずれにせよ、ヴァイオレットがまだ起きていたので失敗したので、今度は昼食をすり替え、クロテッドクリームに毒を仕込んだのだ。

だが、クリスタルがそのにおいに気付き、ヴァイオレットが毒を口に入れないようにスコーンを奪った。

クリスタルはクロテッドクリームを、スコーンを咥えた際呑み込んでしまったのだろう。

「ど、どうしよう。どうすればいいの」

ヴァイオレットは扉を開け放ち、「誰か……!」と泣き声で叫んだ。

「誰か、来て!　クリスタルが……クリスタルが大変なの!」

――すぐさま動物の生態に詳しい博物学者が呼ばれ、クリスタルの手当をしたのだが、致死量近くの毒を呑み込んでいたために、目覚めるのかどうかは神のみぞ知ると告知された。

今日意識を取り戻す可能性もあるし、明日死んでも不思議ではない。運良く目覚めたところで、以前と同じ生活ができるとは限らない――ヴァイオレットはそう聞かされ、目の前が真っ暗になるのを感じた。

(クリスタルは……私を助けようとしてくれたんだわ)

毒を口にしようとするヴァイオレットを見過ごせなかったのだろう。

もうレナードがレイと同一人物なのかどうか、また、クリスタルとクリスが同じ猫なのかどうかなど、どうでもよくなっていた。クリスタルに早く目を覚まし、もう一度元気に甘えほしかったのだ。

それ以上に、クリスタルはレナードにとっては大切な愛猫である。いつだったか、「猫を撫でていると癒やされるのだ」と笑っていた。

(私は……クリスタルを守れなかったんだわ。自分から頼んでお世話を任されていたのに……。違和感を見過ごしてはいけなかったのに……)

ディジョンの陰謀が暴かれ、制裁が下されたので、すっかり油断していたなどとは言い訳にならない。

レナードには公務があるので、クリスタルはヴァイオレットが引き取り、寝室で一日中看病している。大きな木の籠にクリスタルのお気に入りのクッションを敷き、上に寝かせて、体の上には温かく柔らかい毛布を掛けてやった。

ヴァイオレットは数分に一分はクリスタルの顔を覗き込んだが、奥に澄んだ青い瞳があるはずの瞼はピクリとも動かない。

（このままクリスタルが死んでしまったらどうしよう……）

レナードに合わせる顔がないと顔を覆う。

（私はなんのために王宮に来たの？　シャーロット様やレナード様の役に立つどころか、クリスタルをこんな目に遭わせて……）

クリスタルの呼吸はあるかなきかのもので、ヴァイオレットは不安で眠ることもできなかった。

レナードはたびたびヴァイオレットの部屋を訪ね、看病を替わろう、あるいはメイドに任せようと申し出たのだが、何かと忙しいレナードの手を煩わせるわけにはいかない。ましてメイドのメアリーに毒を盛られたあとなのだ。レナード以外の他人が信頼できずに、頑《かたく》なに首を振って断った。

クリスタルが意識不明の重体となって、一週間後のことだった。

ふらふらになってまで看病するヴァイオレットを、それ以上放っておけなかったのだろう。ある夜、レナードはヴァイオレットの寝室を訪ね、相変わらずクリスタルを見守るヴァイオレットを抱き上げ、有無を言わさずベッドに押し込んだ。

「きゃっ……！　レナード様、何をなさるのですか！」

「ヴァイオレット、少しは休まないといけないよ。君が体を壊してしまっては、クリスタルが君を庇った甲斐《かい》がない」

「……っ」

反論できずに黙り込むしかなかった。

「わかって……いるんです。こんなことをしても、なんにもならないって……」

顔を覆ってしゃくり上げる。

「でも、私には他にできることがなくて……。ごめんなさい……」

——メアリーがヴァイオレットに毒を盛った動機は少々複雑だった。

社交界デビューをした夜、ヴァイオレットが庭園で目撃した男女二人のうち、男性は宮廷に出入りしていた子爵だった。ただし、こちらは麻薬の入手と使用の容疑で逮捕される直前、逃げ切れないと覚悟を決めたのか、拳銃でみずから命を絶っている。

女性はなんとフェイザーに駐在中の他国の大使夫人だった。

不倫相手の子爵に麻薬を勧められ、手を出してしまった彼女は、ヴァイオレットに吸引の現場を目撃された際、顔を見られていたのではないかと疑心暗鬼になった。

ヴァイオレットは夫人の顔までは見ていなかったが、夫人はヴァイオレットの姿をはっきり見ており、何者なのかも把握していた。ヴァイオレットはシャーロットの侍女でも一際美しく、目立って評判となっていたからだ。

たとえ、麻薬をしていたとは知られていなくても、不倫をしていたなどと夫に告げ口されれば、離縁され、その先には破滅が待っている。

ヴァイオレットがいる以上、不安で眠ることすらできなかった。ならば、いっそ消してしまえと企《たくら》んだのだ。

もちろん、自分の手を汚すつもりはなかった。大使の妻である以上、式典や社交目的しか王宮に出入り出来ず、衛兵に見張られた中でしか、ヴァイオレットと接触できないからだ。

そこで、メイドのメアリーに目を付けた。

メアリーは父が詐欺師に騙《だま》され多額の借金を負ってしまい、メイドの仕事で得た給料はすべて実家に仕送りしていた。それでも家計は火の車どころか、家財を売り払っても家族分のパンすら買えず、首を括るしかないと切羽詰まっていた。

そんなメアリーに夫人はヴァイオレットを暗殺すれば、借金を全額返済しようと持ち掛けたのだ。

あなたは信頼されたメイドだから、ヴァイオレットも油断しているだろうと。

メアリーは追い詰められてはいたが、人並みの倫理観を持っており、初めは冗談ではないと断った。聞き逃すことはできないので、王宮に通報するとも。

すると、夫人は一変して依頼を脅迫に変えた。逆らえば家族の身の安全は保証できない。

計画を打ち明けた以上、殺すことも有り得ると。

家族を人質に取られたメアリーは、泣く泣く夫人の指示に従った。

しかし、ヴァイオレットは一見儚げなのに、階段から突き落としても、シャンデリアを落下させても、毎度しぶとく生き残る。そうこうする間にレナードの婚約者となり、護衛が何人も付けられただけではなく、周囲の警備も一層厳しくなってしまった。

その間にも夫人は家族の命が惜しくないのか、早く殺してしまえとせっついてくる。

追い詰められたメアリーは、ついにネズミ捕りに使っていた毒薬を、すり替えた昼食に仕込んだのだ。

ヴァイオレットの証言からメアリーは逮捕され、泣きながら夫人から脅迫されていたのだと打ち明けた。

夫人は速攻で事情を聴取され、もちろん容疑を否定した。ところが、なんと彼女の夫である大使が、確かに妻は不倫をしており、麻薬にも手を出していたと証言したのだ。

大使から以前から妻の不貞を疑っていた。密かに調べを進める中で、麻薬も愛用していたと知って、卒倒しそうになったのだとか。知らぬは亭主ばかりという諺《ことわざ》があるが、この事件の場合は逆だったというわけだ。

夫人が麻薬に手を染めただけではなく、メアリーを脅迫し、その上ヴァイオレットを殺しかけたとなると、いくら他国の大使の妻とはいえ見逃すわけにはいかない。

事態を重く見た夫妻の出身国は夫人の身柄をフェイザーへ引き渡した。彼女は今後裁判を経て厳しい判決――恐らく終身刑を下されることになるだろう。

王太子の婚約者を手に掛けようとしたのだ。メアリーも実刑は免れないそうだが、それでも家族を人質に取られていた事情を考慮され、禁固六年に減刑されたのが救いだった。

――レナードはヴァイオレットの髪を掬い取り、そっと口付け溜め息を吐いた。

「私こそ君に謝らなくてはならない。実は、大使夫人については、ある程度調べがついていてね。もうすぐ逮捕するところだったんだ。実行犯のメアリーについても、目星が付きそうなところまで来ていてね」

なのに、逮捕が一日遅れたばかりに、ヴァイオレットを悲しませてしまったと呟く。

「そんな……レナード様は何も悪くありません。私はメアリーの様子がおかしいって気付いていたのに……」

再び視界が涙で揺れる。

「クリスタルを守れなくて申し訳ございません」

何度も謝ったためにこれ以上謝罪の言葉を思い付かない。「申し訳ございません」と繰り返すしかなかった。

「ヴァイオレット、君はクリスタルを守れなかったと悔やんでいるが、クリスタルは君を守れて満足していると思う。まだ君の力になりたいと思っているはずだ。だから、目を覚ますさ」

「でも……」

レナードは潤んだすみれ色の瞳を覗き込んだ。

「なぜなら、君はクリスタルの……クリスの恩人だから。クリスタルは私よりも誰よりも、きっと君を愛している」

レナードがクリスタルをクリスと呼んだ——やはりという納得とまさかという戸惑いが脳裏で交錯する。

「クリスタルが……クリス」

「ああ、そうだ。クリスは子猫の頃の愛称だ」

「じゃあ……やっぱりレナード様がレイさんだったんですね」

すでに疑問ではなく確認のためだった。

レナードは小さく頷き目を伏せた。

「黙っていて済まなかったね。すべてが終わるまでは、誰にも正体を明かしたくはなかったんだ。どこから情報が漏れるかわからなかったからね」

——レナードは十七歳を過ぎた頃から、髪を黒く染め、眼帯をつけて行商人に変装し、全国を密かに視察するようになった。国内の政治、経済、社会の状況を把握したかったからなのだという。

王太子という身分のままでは、貴族らは皆不都合な真実を虚飾で包み、おのれの都合のいいようにしか報告しない。もちろん、王家直属の密偵は放っていたが、やはり、自分の目で見、耳で聞いて、確かめなければ気が済まなかった。

「ちょうど麻薬による犯罪が次々に発覚した頃でね。地方ではどの程度汚染されているのかを知りたかった」

薬種や花の種の行商人に扮《ふん》するのを選んだのは、まだ平民向けの病院がほとんどない地方では、民間医療でそれらが重宝されていたからなのだという。

「暮らしになくてはならないものだからね。こちらに花の種や薬種があると知ると、皆手に入れたい一心で、その地の者しか知らない情報を提供してくれる」

ラッセル伯領を訪れたのも、そうした調査の一環だったのだそうだ。

「君に初めて出会った時には驚いたよ」

どう見ても良家の令嬢なのに、侍女も従者もおらず一人で、いや、子猫と一緒にいたからだ。

（レイさんは……わかっていたんだ）

ヴァイオレットは身分を隠していたのだが、レイは――レナードはその慧眼《けいがん》でとうの昔に見抜いていたのだ。

「あの辺りの貴族はラッセル伯くらいだ。だから、君はその一人娘なのだろうとすぐ察しがついた」

ヴァイオレットが一人でいるのは、事情があるのだろうと思ったが、同時にまたとない機会だとも思った。

「ラッセル伯の令嬢なら、領地の事情を知っているかもしれない。知らなくても父親から聞き出せるかもしれないとね」

レナードは情報目当てにヴァイオレットに近付き、クリスタルを預かると申し出たのである。

「猫好きなのは本当だった。ちょうど飼い猫が一匹死んでしまったところで、これも何かの縁だと思ったのさ」

ところが、ヴァイオレットが心を許し、徐々に仲良くなるにつれ、おぼろげだがラッセル家の家庭事情が見えてきた。

当主のウォルターが妻を亡くしたのは知っていた。だが、忘れ形見であるヴァイオレットを可愛がってはいないらしい——ヴァイオレットが父についての話題をいつも避け、時折語る際には悲しげだったので察せられた。

親子仲が良好とは言えないのなら、ヴァイオレットから情報を引き出すなど絶望的だ。

しかし、レイはだからといってヴァイオレットを見捨てることなどできなくなっていた。

「その頃、私はフェイザーの在り方に疑問を抱くようになっていた。……人の汚いところをたくさん見てね。力を尽くして守るだけの価値がこの国の民にあるのかと迷っていた。そんな中でなんの作為もない君との一時が安らぎになっていたんだ」

ところが、ヴァイオレットはある日突然、約束の花畑に来なくなった。

「君の代わりに待っていたのは、ラッセル伯の手の者と思われる男たちだった。……摑まるわけにも正体を明かすわけにもいかなかった」

ちょうどディジョンと麻薬との関係を摑みかけていた頃で、レイがレナードなのだと誰か一人にでも悟られてもまずい。だから、すぐさま逃げて姿を消すしかなかった。

「だけど、君のことはずっと気になっていたよ」

ヴァイオレットがその後ラッセル伯に軟禁されているのだとは、金を渡してスパイにした屋敷のメイドから聞いた。

「君を侍女にほしいのだとは、三年前からラッセル伯に申し出ていたんだ。だけど、何度要請しても〝娘は体が弱いから〟と、君は健康だと調べがついているにもかかわらず、断られ続けていた」

「それは……」

ヴァイオレットは屋敷に閉じ込められていた頃の苦い記憶を思い出す。同時に、父のウォルターにあっさり捨てられたことも。だからこそシャーロットの侍女となり、レナードとクリスタルに再会できたことも――

ようやく事情を把握し、そうだったのかという思いと同時に、胸が熱くなるのを感じた。

「レイさんが……レナード様が、私を助け出してくださったんですね……」

「私は王子様だからね。囚《とら》われの姫君を助け出さなければ、この世に存在する意味がない」

レナードの冗談にようやくほんの少し、泣き笑いだが笑うことができた。

「ありがとう、ございます……」

レナードは首を小さく振った。

「礼を言わなければならないのは私のほうだ。君は、大切なものを思い出させてくれた」

「大切なこと……？」

「去年の舞踏会で、毎日一つずつ好きなものを見付けるようにしていると言っていただろう？」

クリスタルを筆頭とする猫たちに、ヒースが揺れる花畑、チョコレートボンボンや綺麗なドレス、優しいシャーロットや親切にしてくれる侍女の同僚、召使い、宮廷に出入りする貴族らの優雅な仕草――

レナードにはすっかり当たり前となり、見過ごしていたそれらを、ヴァイオレットは「好き」なのだという。

「この国にはまだ美しいものが多くあるんだと思えた。君の愛するそれらを守りたいと思った」

レナードに褒め称えられ、ヴァイオレットは少々気まずくなり、「あ、あの……」とおずおずと切り出した。

「それは、レイさんが……レナード様が昔私に出した宿題で……」

「もちろん覚えていたよ」

レナードは腰を屈めヴァイオレットの額に口付ける。

「だけど、君に偉そうなことを言っておきながら、私自身がまったくできていなかった。王子様失格だな」

「そんなこと……ありません」

手を伸ばしてレナードの頰を包み込む。

「あなたは、私を二度も助けてくれました。レナード様は世界一の王子様です」

レナードはヴァイオレットの手にみずからのそれを重ねた。

「世界一でなくてもいい。君にとって一番であれば」

「もちろん……世界で一番大好きです。クリスタルたちと同じくらい……」

「ヴァイオレット、相変わらず猫が好きなんだね」

大きな骨張った手の温かさが心地いい。

クリスタルは誰よりも君を愛しているから帰って来る――ようやくその言葉を信じよう

と思えた。

　そして、レナードの言った通りに、クリスタルが意識を取り戻したのは、それから二日後の朝のことだった。

第六章　腹黒王太子殿下の子猫な花嫁

――今日はヴァイオレットとの結婚式だ。

幸い天候に恵まれ、空は青く晴れ渡っている。教会のステンドグラスから差し込む七色の光が、隣に立つ花嫁衣装姿のヴァイオレットを美しく照らし出していた。

花嫁衣装は純白のレースを仕立てたもので、柔らかな曲線を描くヴァイオレットの肢体をよく引き立てている。

豊かな乳房に折れそうな腰、ほっそりとした手足に陰りのない白い肌――すでに何度も抱かれながらも、ヴァイオレットは決して汚されることはない。心が清らかだからだろう。

そんな彼女には純白のドレスがよく似合っていた。

透けるヴェールを上げると、潤んだすみれ色の双眸が現れる。

自分の花嫁となるのがよほど嬉しいのか、頬がすでにうっすら桃色に染まっていた。

祭壇奥に佇む緋色の祭服を身に纏った司祭が、微笑みつつ二人を交互に見下ろす。

「健やかなるときも、病めるときも、喜びのときも、悲しみのときも、富めるときも、貧しいときも、これを愛し、これを敬い、これを慰め、これを助け、その命ある限り、真心を尽くすことを誓いますか？」

「誓います」

迷わず言い切る。

一方、ヴァイオレットは感極まっているのか、それとも照れ臭いのか、少々目を伏せながら、それでも「……誓います」と答えていた。

同日午後に王宮の食堂で開催された披露宴では、真っ先にヴァイオレットの美しさが褒め称えられた。

「これほどお美しい方が王太子妃となるとは誇らしい」

「大公家の血を引いているだけあり、可愛らしくも気高いですな」

養女への賞賛に養父のグラース大公も機嫌がいい。格上のフェイザー王国に恩を売れただけではなく、王族との繋がりができたのだ。それも王太子妃、将来の王妃である。

ヴァイオレットがラッセル伯爵家の令嬢であり、婚約するにあたってグラース大公の養女となったことは、招待客はすでに皆知っているはずだが、実父であるウォルターの名は誰も挙げようともしない。花嫁の父の席にはグラース大公が腰掛けていたからだ。ウォルターの姿は会場のどこにもなかった。

（……今頃どうしているのやら）

招待客であるファリムと酒を酌み交わしながら、レナードは唇の端に薄い笑みを浮かべる。宴が楽しいからでも酒に酔ったからでもない。

小賢《こざか》しい貴族どもを麻薬に手を出した容疑で逮捕し、宮廷から政治に口出しする連中を一掃できただけではない。予定通りにウォルターもうまく社会的に抹殺できたからだった。


八年前、偶然ヴァイオレットと出会い、その後時間を掛けて親しくなるにつれ、貴族でありながらも、これほど汚れない娘がいるのかと驚いたものだ。父にも乳母にも召使いにも構われず、ずっと独りぼっちだったからこそ、無垢なままであったのだと知るのに時間は掛からなかった。

長年、王妃だった母が宮廷の貴族らに苦労させられ、人間は醜悪な存在だと嫌悪していたので、清らかな心の持ち主もいるのだと救われる思いがした。

――レナードは物心がついて間もなく、小国出身である母の立場が、宮廷で芳しくないのを知った。

祖母の王太后は冴《さ》えない嫁を気に食わず、何かと嫌がらせをしていたらしい。王太后に頭の上がらぬ父王は見て見ぬ振りをしていた。結果、貴族にすら田舎者の王妃だと馬鹿にされることになったのだ。

母が病気がちになったのは、シャーロットの産後の肥立ちが悪かったからだけではない。

間違いなく心が疲れ果てていたからだ。

母を悪く言われないよう、誰よりも優れた王太子となり、圧力を掛けられるだけの実力を身に付けよう――そう決意したのは何歳の頃だったか。

幼い頃から優れた才能を発揮し、十代となって頭角を現すにつれ、当初孫を思い通りに教育しようとしていた王太后や、傀儡《かいらい》として裏から操ろうと画策していた貴族らは、一転してへりくだるようになった。成人後に政治の実権を握ると、媚びへつらう輩が増えた。

取り巻きとなれば甘い汁を吸えるだろう――あからさまな意図を感じ取り、人の醜さに吐き気がしたものだ。

母が儚くなったのは、それから間もなくのことだった。

努力する理由の一つを失い将来の生き方に迷った。シャーロットが嫁ぐまでは王太子としての務めを果たすつもりだったが、その後父の跡を継いで、力を尽くすほどの価値がこの国にあるのかと悩んでいた。

ディジョンの陰謀による麻薬の汚染が発覚したのもこの頃だった。

宮廷の貴族も何人か手を出しているとの情報が上がり、そうした状況にも辟易《へきえき》していたからだろうか。ヴァイオレットとの年に二度の触れ合いは、なくてはならないものになっていた。

自分を何者かも知らぬまま純粋に慕う、すみれ色の瞳を見ただけで心癒やされた。彼女がこの国で安全に暮らすためにも、もう少し努力してみようと思えたのだ。

ところが、ある年ヴァイオレットは約束の花畑に現れず、代わってラッセル伯の手の者と思われる衛兵がうろうろしていた。正体を悟られるわけにはいかないので、後ろ髪を引かれたが、すぐさまラッセル伯領から逃亡せざるを得なかった。

ヴァイオレットの父のウォルターは娘に無関心だと聞いていた。ヴァイオレットが供も付けずに一人で遊びに行っても何も言わないと。なのに、衛兵まで派遣するなど何があったのかと訝《いぶか》しんだ。

そこで、ラッセル家のメイドの一人に金を握らせ、密偵に仕立て上げて情報を提供させたのだが、ウォルターの弱さ、身勝手さを知らされ驚き呆れた。アデルの死をヴァイオレットの責任にするなど有り得ない。愛妻の忘れ形見なら尚更《なおさら》可愛がるべきだろうにと憤った。

ヴァイオレットは監禁同然に自室に閉じ込められ、メイドも食事や入浴の手伝い以外は出入りできないのだという。

ヴァイオレットは内気ではあるが、室内より外遊びを好む娘だ。病んでしまいはしないかと心配だった。

なんとか彼女を解放しようと、何度もウォルターに、ヴァイオレットをシャーロットの侍女にほしいと書状をしたためた。だが、返事は毎回決まり切っていた。「娘は病弱なので務めが果たせるとは思えない」だ。

ならばと手段を選ばぬことにし、ウォルターの亡き妻・アデルに似た女を捜し出し、ウォルターとの偶然の出会いを演出したのだ。

女は平民地主の未亡人で、嫁ぐ前から享楽的な性格で、金遣いが荒いとの噂だった。祖父と孫ほど年の離れた老地主に求婚され、両親が文句も言わずに嫁がせたのも、とっとと厄介払いしたかったからだろう。

だが、老地主は数年も経たずに亡くなってしまい、女は間もなく賭け事と男遊びで財産を使い果たし、次の寄生先を探して夜な夜な王都の社交界に出没していた。

そんな女にとってウォルターは絶好のカモだった。金があり、自分に首ったけで、前妻に似ていると言うだけで何も疑わない。

一人娘のヴァイオレットだけが邪魔者だった。万が一婿を取って家を継ぐことになれば、ラッセル家の財産を自由にできなくなる。

そこで、女はウォルターにヴァイオレットを追い出せと吹き込んだのだ。礼儀作法を学ぶとの名目で王宮に侍女に出せばいい。子どもは私が産んであげるからと。そして、ウォルターは迷いなく女を選んでヴァイオレットを捨てた。

すべては計算通りだった。

だが、一つ予想外だったことがあった。王宮にやってきたヴァイオレットは、驚くほど美しく成長していたのだ。なのに、心の在り方は変わっていない。宮廷で駆け引きに慣れ切った貴族の女にはない、清らかで無邪気な純粋さがあった。

彼女とともにいると心が安らぐ。「好きなもの」を聞かされるたびに、ヴァイオレットとそれらをすべて守りたいと思う。愛おしかった。

ヴァイオレットに偽装婚約を持ち掛けたのも、結局は逃げられないようにするためでしかない。

好意を抱かれているのは感じていたが、ほのかな憧れ程度しかないのはよく理解していた。ヴァイオレットのようなまっさらな娘は、愛してくれる者を素直に愛し返す。他の男に気持ちが向かないうちに、囲い込まなければならなかった。もっとも、自分以外の男を愛していたところで、同じことをしていただろうが――

ウォルターと女の動向を探る意味もあって、ヴァイオレットをグラース大公の養女にしたいと持ち掛けると、あっさり承諾しただけではなく暗に結納金を要求した。

調査により女が財産を湯水のように使い、ウォルターが領地の土地の一部を売り払い、やっと金を作ったのだとは判明していた。更に、娘を売り飛ばすつもりなのだと知り、ラッセル家は火の車になっているのだろうと推測できた。

とはいえ、ラッセル家が没落するのは好都合なので、ほくそ笑みながら要求通りに高額の結納金を支払った。

その際、ウォルターに契約書に署名させた。

契約書の内容はこうだ。「ヴァイオレットをグラース大公の養女とし、今後彼女に関する一切の権利を手放し、グラース大公家に譲渡することとする」。

いくら王族の要請とはいえ、まともな思考回路と娘への愛情があったなら、署名どころか破り捨てるような内容だが、ウォルターはよほど女を手放したくはなかったのか、ヴァイオレットを迷いなく売り払った。

その後、案の定女は結納金すら使い果たし、ラッセル家は切り売りする領地すらなくなり、破産瀬戸際にまで追い込まれた。

女がラッセル伯領の屋敷から姿を消し、行方知れずとなったのは、ウォルターがほとんどの財産を失って間もなくのことだ。レナードも感心するほどの逃げ足が速かった。

恐らく高飛びでもしたのだろう。あるいは、すでに新たな寄生先を見つけたか。金目当ての女などそんなものだ。

後妻に逃げられたウォルターはがっくり落ち込み、病を得て寝込んでしまったらしい。そこに来てようやくヴァイオレットを思い出したようで、しきりに娘を返してほしいと手紙を寄越すようになった。もうヴァイオレットしか家族がいないと。

しかし、レナードの手元には、ウォルターが署名した例の契約書がある。その事実を突き付けると涙ながらの手紙も途絶えた。

もちろん、花嫁の実父ではあるので、外聞もあり放っておくわけにはいかない。そこで、すでに消滅したラッセル伯領からも、王都からも遙かに離れた辺境に、静養の名目で追いやった。

ウォルターは生涯をそこで孤独に終えることになるだろう。だが、罪悪感は欠片《かけら》もなかった。ヴァイオレットを何年にも亘って苦しめたのだ。罰としては軽すぎるとすら感じた。


挙式と披露宴がつつがなく終わり、入浴を済ませ寝室へ向かう。寝室では純白の寝間着に身を包んだヴァイオレットが、ベッドに腰掛けクリスタルの背を撫でていた。

瑠璃色の夜空には三日月が輝いている。カーテンの隙間から差し込む月光が、ヴァイオレットの白く滑らかな肌と、クリスタルの三毛の毛並みを照らし出していた。

「ん～、よしよし、いい子ね。ここが気持ちいいの？」

クリスタルはゴロゴロと喉を鳴らし、うっとりと目を細めている。

クリスタルが目覚め、回復して以来、ヴァイオレットは彼女を常にそばに置き、まさに猫可愛がりしている。可愛くて堪らないのだろう。愛おしい者に愛情を注ぐ彼女の表情が、挙式の時以上に輝いていたので苦笑する。

「――ヴァイオレット」

「あっ、レナード様」

クリスタルは何を悟ったのか、主人のガウン姿を見るなり、ベッドから飛び降り、入れ替わりに出て行ってしまった。相変わらず人間以上に察しがいい。

「クリスタルに悪いことをしたね」

ヴァイオレットの隣に腰を下ろし、すみれ色の双眸を覗き込む。

「だけど、明日もまた会えるし撫でられる」

「……そうですね」

クリスタルが生きている喜びを噛み締めているのだろう。ヴァイオレットにこのような表情をさせても許せるのは、クリスタルたちくらいかもしれない。人間なら嫉妬に狂っていたのかも知れなかった。

改めて白く小さな手を取り包み込む。

「ヴァイオレット、私の妻になってくれてありがとう」

「そんな……私こそありがとうございます。レナード様のお嫁さんになれるだなんて夢みたいです」

健気《けなげ》な答えに今すぐ押し倒したい衝動に駆られたが、理性で抑えて懐からまず一通の手紙を取り出した。

「君に二つプレゼントがある。まずは、クレアからの手紙だ」

「……クレアから？」

大きな瞳がますます大きく見開かれる。

クレアの両親は息子が逮捕されてのち、悪い噂を避けるためだったのだろう。形式的に離婚し、クレアの母はクレアを連れて、遠方に移住したのだそうだ。二人で新たな人生を歩もうとしていたのだが、少々事情が変わったと綴られていた。

「さあ、読んでご覧」

ヴァイオレットは震える手で手紙を受け取った。その目にみるみる涙が堪る。

なんと、それから半年後にクレアの思い人の男性が、クレアを追い掛けてきただけではなく、「君を守らせてくれ！」と求婚したのだそうだ。彼もずっとクレアを愛していたのだが、婚約者がいたので身を引くつもりだった。だが、クレアが婚約を破棄された今、何も自分の恋心を遮るものはないと。

現在、クレアは彼の妻となっている。ほとぼりが冷めた頃に王都に戻るつもりであり、いつかまたヴァイオレットと他愛ないお喋りがしたいと、手紙はそう締めくくられていた。

便せんを持つ手紙が小刻みに震えている。

「……返事を出してもいいでしょうか？」

「ああ、もちろんだよ」

ずっとクレアを気に掛けていたヴァイオレットには、何よりの贈り物だっただろう。そして、もう一つ渡さなければならないものがあった。

ヴァイオレットが手紙を折り畳んだのを確認し、ベルベッドの小箱を取り出す。

「もう一つの贈り物はこれだ。いいや、贈るのではなく返すと言った方がいいか」

「返す……？」

小箱を開けて中を見た途端、ヴァイオレットが息を呑む気配がした。

「これは……お母様の指輪？」

まだ幼かったヴァイオレットが、クリスタルを育てる費用にしてくれと、レイ――レナードに渡したものだった。

「ずっと返したいと思っていた。大切なものなんだろう？」

「でも、これは……」

義理堅い性格のヴァイオレットは、受け取るのを躊躇《ためら》っている。

「いつか私たちに娘が生まれた時、君がまたその子に渡せばいい」

――こう説得してようやく頷いてくれた。

「ありがとう、ございます……」

腕一杯の宝石でも、部屋を埋める枚数のドレスでも、白亜の宮殿でも、ヴァイオレットが望むものならなんでも贈りたいのに、彼女は無欲で愛する者――自分やクレア、クリスタルたちの幸福しか望まない。そんなところも愛おしいのだが、尽くしたい身としては、もっと我が儘を言ってほしくもあった。

結婚指輪とエメラルドの指輪、二つの指輪が嵌《は》められた、左手の甲にそっと口付ける。

「ヴァイオレット、今夜は夫婦としての始まりの夜だ」

「……はい」

「これからいくつもの夜と朝を二人で過ごそう」

ベッドに柔らかな体をゆっくりと横たえる。

寝間着のボタンを一つ一つ外すと、合わせ目からふるりと豊かな乳房がまろび出た。

「ひゃっ」

すでに何度か肌を重ねているはずなのだが、今夜のヴァイオレットは初めて枕を交わすように初心だ。

「も、申し訳ございません」

「いいや、可愛いから構わない」

うっすら火照る肌に唇を滑らせる。それだけで華奢な肢体がびくりと震えた。

「君は初めての夜には抱いてとまで言ったし、二度目の夜もおねだりをしてくれたのに、今日は随分とおとなしいのはどうしてだい？」

「そ、それは……」

すみれ色の瞳が照れ臭そうに背けられる。

「れ、レナード様の妻になったのが嬉しくて……。もう夫婦なんだと思うとなんだか恥ずかしくて……」

胸が愛おしさで一杯になる。

「――ヴァイオレット」

頬に手を当て上向かせる。

「君を愛しているよ。どうかずっとそのままでいておくれ」

以前はヴァイオレットから求められたのもあり、理性の箍《たが》が外れて獣となり、つい激しく抱いてしまったが、今夜は大切に、優しくしたくなった。

薄桃色の唇を親指で辿る。

「んっ……」

狭間から真珠色の歯と苺《いちご》のような舌が見え隠れしている。親指でそっと開いて人差し指を入れると、ヴァイオレットは反射的に瞼を閉じた。

「んんっ……」

指先が柔らかな舌に包み込まれる。

そのまろやかな肩に口付け、白い鎖骨に唇を滑らせ音を立てて吸った。

「あんっ」

澄んだ愛らしい声が耳を擽る。

ヴァイオレットの肌は絹を思わせるきめ細かさと滑らかさで、ほのかに温かくずっと触れていたくなる。

左胸をそっと覆ってやると、心臓の鼓動を直に感じ取れた。強く激しく早鐘を打っており、抱かれることに興奮しているのだとわかる。

小さな手を取りみずからの胸に当てる。

「ヴァイオレット、君にも私を感じてほしい。触れてご覧」

「……」

ヴァイオレットは遠慮がちに腕を伸ばし、レナードの首の喉仏や広い肩、筋肉の盛り上がった二の腕、最後に再び左の胸に触れた。

「レナード様の、命の響きを感じます……」

「どんな響きだい？」

「きっと私と同じくらい、強くて、激しい……」

同じように気が高ぶっていると知って、緊張が解け嬉しくなったのだろうか。ヴァイオレットは微笑みを浮かべて潤んだ目を向けた。

「ずっと聞いていたくなる音です……」

愛おしさに耐え切れなくなり、華奢な姿態に覆い被さる。

「ああ、レナード様……」

耳を舌先で食《は》み舐めてやると、敏感な性感帯の一つなのか、細い体がびくりと震えた。

「ひゃあっ……」

穴に舌を差し込みじっくりと味わう。更にすでに頂の尖《とが》った左の乳房を、擦るように揉んでやった。

「あ……あんっ……」

ヴァイオレットの体と吐き出す息がみるみる熱を持つ。

右側の膨らみの頂を口に含むと、すみれ色の双眸に涙が滲んだ。

耳と同じ優しさで唇と舌で転がしてやると、みるみる紅水晶色の頂がピンと尖る。

「あっ……ひゃっ……あんっ」

左の頂にも指先で摘まみ、くいと捻って刺激を与える。予想外の弄りに驚いたのか、ヴァイオレットの体が軽く跳ねた。

「ひゃっ……あんっ……」

「ヴァイオレット、感じるかい。先がこんなにかたくなっている。君は反応がいいね」

「んっ……あっ……」

ヴァイオレットはすでに言葉を発するのも難しいようだ。

「さあ、もっと可愛い声で鳴いておくれ」

焦げ茶の髪を掻き分けそっと額に口付ける。続いて、すらりと伸びた足の狭間に手を入れると、すでに和毛《にこげ》に覆われた花園は、しっとりと湿っていた。

ヴァイオレットはそれが恥ずかしいらしく、瞼をかたく閉じている。

「ヴァイオレット、まだ恥ずかしいのかい？　大丈夫。君は体の隅々まで綺麗だよ」

「……」

慰められたところで羞恥心は取れないのだろう。なら、我を忘れるくらい乱れさせるまでだった。

足を開かせそっと花唇をなぞってやる。

「んっ……あっ……」

滲み出た蜜を擦り付けながら、指先で押すように全体に刺激を加えていった。

「あっ……んっ……ふ……」

強ばっていた柔らかな体が、胎内から生まれた熱に溶けていく。花心を捻ってやると
「ひゃんっ」と喘ぎ、溢《あふ》れた涙がシーツに散った。

「あんっ……あっ……ひゃっ……」

高く澄んだ喘ぎ声を聞くたびに、雄としての本能に火が点《つ》き、いっそ無茶苦茶にしたくなるのだが、理性でそれを抑えて、ヴァイオレットの官能を掘り起こすのに徹する。

やがて、十分潤ったところで、ヴァイオレットの足を肩に担ぎ上げた。猛った分身を蜜口にあてがう。

「あっ……」

すみれ色の双眸が見開かれる。

だが、まだ欲望を叩き込むつもりはなかった。

屹立《きつりつ》で花唇をそっとなぞる。

「ひゃっ」

更に蜜口を軽く小突いてやった。だが、やはり挿入はしない。

「んっ……あっ……レナード様……」

「なんだい？」

「……っ……あっ……やっ……」

蜜と欲望の先走りが入り交じり、くちゅくちゅと触れ合う箇所で淫らな音を立てる。

「さあ、頑張ってどう感じているのか言ってご覧」

「あっ……それは……んんっ」

繰り返される刺激に耐え切れなくなっているのだろう。白い頬にもう一滴涙が落ちた。

「き、気持ちい……い」

「そうかい。達してしまいそうかい？」

ヴァイオレットは小さくこくこくと頷き、レナードに向かって抱き締めるように腕を伸ばした。

「……お願い、です。レナード様、早く来て……」

涙を湛えたすみれ色の双眸にゾクリとする。

ヴァイオレットは時折こうした無垢と淫らを併せ持つ顔になる。この顔を知るのは後にも先にも自分だけだと思うと、一層、彼女への愛おしさと独占欲が増した。

右の膝を摑んで脚を開かせる。

ヴァイオレットの体はすっかり緩み、花園は蜜に濡れて、ひくついてレナードを誘っていた。

いきり立った分身を手で摑んでぐっと押し込む。

「……っ」

ヴァイオレットは小柄で隘路も狭いので、まだ圧迫感があるのか、一瞬びくりとしたが、すぐに快感に変換されたらしい。

腰を叩《たた》き付《つ》けるとシーツを摑み、首を横に振って喘いだ。

「あっ……あっ……レナード様ぁ……」

泣き声に近い声で名を呼ばれるたびに、獣性と欲望が全身を駆け巡る。

勢い余って壊してしまわないよう、理性で制御していたのだが、ヴァイオレットに弱々しく手を差し伸べられ、お強請《ねだ》りされたことで、最後の箍が外れてしまった。

「ヴァイオレット、どうしたんだい？　もっと優しくした方がいいかい？」

「ち、違う……わ、私……」

ヴァイオレットは恥ずかしそうに口を噤み、やがて再び開いて蚊の鳴くような声で告げた。

「もっと……レナード様とくっつきたい……」

肌と肌の狭間に隙間がなくなり、溶け合うほどに体を重ねたい――

「ヴァイオレット……」

この可愛い子猫は、一体どこまで自分を狂わせるのかと呆れる。

「君は、可愛すぎる。可愛くてどうすればいいのか、時々わからなくなってしまうくらいだ」

滑らかな背の下に手を入れ抱き起こすと、弾力がありながらも柔らかい、豊かな乳房が胸板に密着した。

「ああ……うれ、しい……」

ヴァイオレットは腕が腕を伸ばして摑まってくる。

小さな鼻を流れ落ちる汗を舐めてやり、わずかに開いた唇を吐息ごと奪う。

「もっと……して……もっと……激しく……あなたにだけ……抱かれたい……」

「言われなくても」

再び口付けながら小さな体を上下に揺すぶる。

「……っ。……っ。あっ……」

呼吸困難になりかけたところで解放してやると、ヴァイオレットは快感に身を震わせながら、「好き……です」と、世界一簡潔かつ、感動的な殺し文句を言ってくれた。

「レナード、様が、大好き……。好き……」

彼女の「好き」はレナードにとって、もはや神の啓示に近かった。

「私もだ、ヴァイオレット」

ヴァイオレットにはいくら言っても足りない。

「愛しているよ」

いっそ溶け合ってしまいたいと願うのにそれは叶わない。だから、より奥深くで繋がろうとして、ヴァイオレットの小壺の入り口を屹立で激しく突く。

「ヴァイオレット……」

「あっ……レナード様……んあっ」

背に爪を立てられ軽い痛みが走る。擦り傷がついたのかもしれないが、痛みなどもうどうでもよかった。

最奥への入り口をこじ開け、欲望の限りをヴァイオレットの中に注ぎ込む。

「……っ」

腕の中の柔らかな体が痙攣する。恐らくヴァイオレットも達したのだろう。肩に涙と汗が一滴ずつ零れ落ちたのを感じた。

ヴァイオレットの体力も考え、いつもならこれで終わりだ。

だが、今夜は子猫のような新妻が可愛すぎるからか、再び欲望が体の奥底から湧き出てきた。

「レナード、様……？」

ようやく正気に戻ったのだろう。ヴァイオレットが途切れ途切れに名を呼ぶ。

「……」

ベッドにそっと横たえてやり、己の分身をずるりと引き抜いた。

「ひゃあっ……」

内壁を擦られる感覚が堪らなかったのだろう。その高く甘い泣き声をもっと聞きたくなった。

ベッドに力なく落ちた白い足を手に取る。

「ヴァイオレットの足は小さいね。いいや、足だけではないか」

親指を舌先で舐ると、小さな体がびくりと跳ねた。

「おや、足も感じやすいのかい？」

「そ、そんなこと……」

「知りません」と続けられるはずだっただろう言葉は、乳房と同じだけの柔らかさを持つ、ふくらはぎを食んだことで途切れた。

「それに、どこもかしこも柔らかい……。食べてしまいたくなる」

「れ、レナード様……」

唇で足からふくらはぎ、ふくらはぎから腹へと辿り、最後にピンと立った乳房の頂に辿り着く。

「あんっ……」

強弱を付けて吸いながら、足の狭間に指を入れ、先ほどの交わりの残滓を掻《か》き出《だ》す。

「んっ……あっ……れ、レナード様……」

シーツに淫らな染みが広がるのと同時に、ヴァイオレットの蜜口から新たな蜜が滲み出た。

「あっ……あっ……んっ」

指先で時折内壁の弱い部分を掻いてやると、可愛い足の爪先がピンと伸びる。

「あっ……あっ……まだ……こんなのっ……」

官能に火照った足が自然に徐々に開いていく。その狭間に再びおのれの雄をあてがい、ぐっと両手首を引っ張ってヴァイオレットを持ち上げた。

ベッドから華奢な肢体が弓のようにしなる。

鎖骨を舐りながら最奥まで欲望を押し込むと、ヴァイオレットはさすがに限界なのかいやいやと首を横に振った。

だが、止める気はないし止められない。

「ヴァイオレット、優しくするつもりだったのに、できそうにない……」

ヴァイオレットは二度目の交わりに翻弄され、答えることすらできないらしい。

「あっ……あっ……んんっ」

「君だけを、愛しているよ」

もう「好き」とも返ってこなかった。

官能に支配された体の奥に再び熱を放つ。

まだ足りずにぐるりとヴァイオレットを引っ繰り返し、うつ伏せになってぐったりしている細い腰を摑む。

「えっ……まだ……？」

ヴァイオレットが息を呑む音が聞こえた。さすがにもう終わったと胸を撫で下ろしていたのだろう。

唇の端に笑みが浮かんだ。

「そう、まだだよ、ヴァイオレット」

これほどの欲望を覚えるのはヴァイオレットにだけだ。可哀想だが耐えてもらうしかなかった。

臀部の狭間に蜜口にまだ熱の冷めぬ欲望をぐっと押し込むと、今までと違う角度だからか、新たな弱い箇所を抉られたらしい。

「んあっ」

ヴァイオレットは小さくそう叫んで両手でシーツを摑んだ。

腰を叩き付けるたびにベッドが軋み、甘く淫らな喘ぎ声と二人分の激しい吐息が重なる。

「あ……お、奥まで……こんなの……」

「私は、まだ足りないよ、ヴァイオレット。もっと君の中に入りたい」

下から手を差し入れ乳房を押し潰す。頂を指先で捻ってやると、華奢な肢体がびくりと震え、猛りが往復する隘路がきゅっと締まった。

「……っ。あ……っ」

二人の肉体を同時に稲妻が駆け抜けるのを感じる。

「……ヴァイオレット」

まだ繋がっていたいので、背後からヴァイオレットを抱き締めると、すでに限界を突破したのか、ヴァイオレットは小さな寝息を立てていた。

天使の輪の浮かぶ焦げ茶の髪に口付けながら、もう一度「愛しているよ」と囁く。

――君にこれからも好きなものが増え、幸福だと思える日々になるように、私はこの国を治めていこう。国のためにではなく、君のために力を尽くしたい。だが、もし、君が好きなものをもう見つけられなくなった、あるいは私以外の誰かを愛したその時には――

（いいや、今はそんなことは考えるのはよそう）

ヴァイオレットはこの腕の中にいるのだからと苦笑し、規則正しい寝息に釣られて眠りに落ちる。

翌朝、ともに目覚めるのが楽しみでならなかった。

あとがき

はじめまして、あるいはこんにちは。東 万里央です。

このたびは「腹黒王太子殿下の子猫なニセ婚約者」をお手に取っていただき、まことにありがとうございます。

私は猫が好きです。隙あらば作品内にネコチャンを登場させようと狙っています。今回成功しあとがきを書いている今、やり遂げた感で一杯です。

別の作品で茶トラ猫、この作品で三毛猫を出したので、また機会があればその時には長毛種か靴下猫を書きたいなあなどと考えております。

ちなみに、飼い猫の平均寿命は二〇一九年時点で十五．四五歳だそうです。日本人の平均寿命が八十一．四一歳だとして、猫の大体五．二六倍長く生きるわけですね。

単純計算ですが、日本人の一日は猫にとっては五．二六日、一週間は三十六．八二日、一ヶ月は五．二六ヶ月、一年は五．二六年。

出勤して半日家を空ける場合、猫の体感では二．六三日飼い主に会えないわけです。

昔猫を飼っていた頃、ちょっとでも遅れて帰ると、拗ねてそっぽを向かれるか、手の届かない家具の隙間などに逃げ込まれ、ジト目で無言の抗議をされたものです。

猫からすれば一時間遅れでも五、二六時間待たされたことになるので、そりゃあ怒るよね……と今でも申し訳ない気持ちになります。


話題を変えて。

今回の物語の舞台はフェイザーで、イギリスをモデルとした架空の王国になります。

第一章でヴァイオレットが好きだと言っている花、ヒースは実在するツツジ科の植物で、ヘザーとも呼びます。

コロナ禍前イギリスに何度か旅行したことがあるのですが、北部にあるノース・ヨークシャー州の平原が、見渡す限りヒースの花が咲いていたので感動した記憶があります。

本文中でも表現したとおり淡紫の絨毯のようで、あまりの美しさに風景ごと切り取り、持ち帰りたい衝動に駆られました。

もちろん写真は撮ったのですが、あの感動は実際に見ないと得られないなと思います。

コロナ禍が落ち着いて世界が日常を取り戻したら、もう一度見に行きたいなと切望しております。

イギリスにはヒースの花畑以外にも、魅力的な風景や文物がたくさんあります。

バッキンガム宮殿や地方にある貴族のカントリーハウス、ロンドンにあるタウンハウス、その辺りもいくつか参考にしました。

そして、それらの所有者である王侯貴族が現在も存在しています。しかも身分だけではなく、邸宅をはじめとする莫大な財産を所有し、富豪ランキングに入る一族もいる。

と言いますか、まず王族がすごいんですよね。

イギリスの現国王エリザベス二世の純資産は日本円で五百五十億円くらいだとか。

日本の一般庶民の私からすると、同じ地球にいるはずなのにお伽噺の世界のようで、だからこそ魅力的に見えます。

結果、思う存分モデルにさせてもらって今作が仕上がりました。ストーリーだけではなく、風景も想像して読んで楽しんでいただければ幸いです。

最後に担当編集者様。いつも適切なアドバイスをありがとうございます。クレアの描写について苦戦したのですが、すっきりエピソードをまとめることができ、ほっと胸を撫で下ろしております。

表紙と挿絵を描いてくださったサマミヤアカザ先生。美麗かつファンタジックなイラストをありがとうございます。ヴァイオレットの表情がふんわりと可愛く、レナードは気品ある美形で惚れ惚れしてしまいました。

また、デザイナー様、校正様他、この作品を出版するにあたり、お世話になったすべての皆様に御礼申し上げます。
それでは、またいつかどこかでお会いできますように！

東　万里央

原稿大募集

ヴァニラ文庫では乙女のための官能ロマンス小説を募集しております。
優秀な作品は当社より文庫として刊行いたします。
また、将来性のある方には編集者が担当につき、個別に指導いたします。

◆募集作品

男女の性描写のあるオリジナルロマンス小説（二次創作は不可）。
商業未発表であれば、同人誌・Web 上で発表済みの作品でも応募可能です。

◆応募資格

年齢性別プロアマ問いません。

◆応募要項

・パソコンもしくはワープロ機器を使用した原稿に限ります。
・原稿は A4 判の用紙を横にして、縦書きで 40 字 ×34 行で 110 枚 ~130 枚。
・用紙の 1 枚目に以下の項目を記入してください。
　①作品名（ふりがな）/②作家名（ふりがな）/③本名（ふりがな）/
　④年齢職業 /⑤連絡先（郵便番号・住所・電話番号）/⑥メールアドレス /
　⑦略歴（他紙応募歴等）/⑧サイト URL（なければ省略）
・用紙の 2 枚目に 800 字程度のあらすじを付けてください。
・プリントアウトした作品原稿には必ず通し番号を入れ、右上をクリップ
　などで綴じてください。

注意事項
・お送りいただいた原稿は返却いたしません。あらかじめご了承ください。
・応募方法は必ず印刷されたものをお送りください。CD-R などのデータのみの応募はお断りいたします。
・採用された方のみ担当者よりご連絡いたします。選考経過・審査結果についてのお問い合わせには応じられませんのでご了承ください。

◆応募先

〒100-0004　東京都千代田区大手町 1-5-1　大手町ファーストスクエアイーストタワー
株式会社ハーパーコリンズ・ジャパン　「ヴァニラ文庫作品募集」係

腹黒王太子殿下の
子猫なニセ婚約者

Vanilla文庫

2021年9月5日　第1刷発行　定価はカバーに表示してあります

著　者　東 万里央　©MARIO AZUMA 2021
装　画　サマミヤアカザ
発行人　鈴木幸辰
発行所　株式会社ハーパーコリンズ・ジャパン
東京都千代田区大手町1-5-1
電話 03-6269-2883（営業）
0570-008091（読者サービス係）
印刷・製本　中央精版印刷株式会社

Printed in Japan ©K.K. HarperCollins Japan 2021 ISBN978-4-596-01308-8